LOCUS

LOCUS

to

fiction

to 134

麥迪遜之橋

The Bridges of Madison County

作者：羅伯特・詹姆斯・沃勒 Robert James Waller

譯者：徐立妍

責任編輯：林立文

美術設計：蕭旭芳

電腦排版：楊仕堯

法律顧問：董安丹律師、顧慕堯律師

出版者：大塊文化出版股份有限公司

105022 台北市松山區南京東路四段 25 號 11 樓

www.locuspublishing.com

讀者服務專線：0800-006689

TEL：(02) 87123898　FAX：(02) 87123897

郵撥帳號：18955675　戶名：大塊文化出版股份有限公司

總經銷：大和書報圖書股份有限公司

地址：新北市新莊區五工五路 2 號

TEL：(02) 89902588　FAX：(02) 22901658

初版一刷：2023 年 4 月

定價：新台幣 399 元

Printed in Taiwan

復刻經典 愛藏精裝版

麥 迪 遜 之 橋

THE BRIDGES
of
MADISON COUNTY

羅伯・J・華勒——著　　徐立妍——譯
ROBERT JAMES WALLER

獻給流浪的旅人

開端

上千條鄉間道路旁的庭菖蒲間、塵土之中會飄揚出樂曲，這就是其中一首。一九八九年秋天的某日向晚，我坐在書桌前，盯著前方電腦螢幕上一閃一爍的游標，此時電話響起。

電話另一端是一位曾經住在愛荷華州的先生，名叫麥可·強森，現居佛羅里達州。愛荷華州的一位朋友寄了一本我的著作給他，麥可·強森讀過，他妹妹凱洛琳也讀了，而他們有一個故事，認為我可能會感興趣。他很謹慎，不願意透露半點故事的細節，只說他和凱洛琳願意跑一趟愛荷華州和我談一談。

雖然我對他們的提議也懷有疑慮，不過他們會願意這樣大費周章，倒是讓我十分好奇，因此我同意下週和他們在德梅因見面。我們約在機場附近的假日酒店，互相介紹之後那股尷尬的感覺也漸漸消失，他們兩人坐在我對面，外頭的夜幕逐漸籠罩，飄起細雪。

他們要求我承諾一件事：如果我決定不寫出這段故事，必須同意永遠不會揭露一九六五年在愛荷華州的麥迪遜郡發生了什麼，也不會透露之後二十四年來所發生的相關事件。好吧，很合理，畢竟這是他們的故事，不是我的。

於是我聆聽著，認真聆聽，也提出尖銳的問題。他們講著故事，不斷講述，凱洛琳數度痛哭出聲，而麥可努力壓抑眼淚。他們拿出文件、雜誌剪報還有幾本日記給我看，日記的主人是他們的母親法蘭切絲卡。

客房服務來來去去，我們又多點了咖啡。他們講故事時，我開始看見了畫面。首先你必須有畫面，文字才會出現。接著我開始聽見那些話語，看見話語落在書頁上成為文字。大概過了午夜不久，我同意寫下這段故事，或者應該說我會試著去寫。

決定要公開這件事情對他們來說相當困難。他們的處境很微妙，事情牽涉到他們的母親，而且或多或少也和父親有關。麥可和凱洛琳知道說出這段故事可能引來世俗隨意的八卦議論，而無論人們對理查及法蘭切絲卡·強森這對夫妻懷有什麼樣的回憶，都將遭遇殘酷的貶低。

但是如今的世界，所有形式的個人承諾似乎都日漸崩壞，而愛情也成為得失隨便的玩意兒，因此他們倆都認為值得說出這段動人的故事。我那時如此相信，如今更加強烈認為他們的判斷正確。

在我的研究及寫作期間，我又要求和麥可及凱洛琳見面了三次，每一次他們到愛荷華州來都是毫無怨言，他們就是如此深切盼望，企盼確保這段故事的呈現能確切無誤。有時我們只是聊天，有時會開著車，慢慢行駛在麥迪遜郡的道路上，他們會指出在故事中具有重要意義的地點。

除了麥可及凱洛琳提供的協助，我在書中講述的故事也是根據法蘭切絲卡・強森寫在日記中的資訊。另外，我在美國西北部進行過調查，尤其是華盛頓州的西雅圖及貝靈漢兩地，當然還有默默在愛荷華州麥迪遜郡展開的研究，同時包括從羅伯特・金凱的專題攝影作品爬梳出的資料、雜誌編輯提供的協助、攝影底片及設備製造商提供的細節，我還在俄亥俄州巴恩斯維爾的郡民之家和幾位可愛的長輩有過幾次長談。他們都還記得金凱的童年時光。

雖然我已努力調查，故事還是有所缺漏。這些情況下我加入了一點自己的想像，不過由於做過調查研究，足夠熟識法蘭切絲卡・強森與羅伯特・金凱，能做出合理的判斷。我有自信自己的描寫相當接近實際發生的情況。

有一段主要的缺漏，就是金凱橫越美國北部旅行期間發生的確切細節。根據後來發表的幾張照片、法蘭切絲卡・強森在日記中的簡略提及，再加上金凱留給雜誌編輯的手寫字條，我們可以知道他踏上了這段旅程。而我運用這些資料來源為指引，一步步追溯出他的路徑。我相信他在一九六五年八月就是這樣從貝靈漢來到了麥迪遜郡。旅行尾聲，我開車前往麥迪遜郡，感覺自己從許多面向來說成為了羅伯特・金凱。

不過，要準確描述出金凱這個人的本性仍是我在研究及寫作中最困難的一部分。這個人難以捉摸，有時似乎相當普通，又有些時候看來超脫凡俗，甚至不像存在於人世間。他在作品中展現出完美的專業，但是他認為自己是一種特異的雄性動物，在這個逐漸走向高度組織化的世界中面臨淘汰的命運。他曾經提起自己腦中會響起時間的「無情哀號」，而法蘭切絲卡・強森認為他這個人住在「陌生又詭異的地方，在達爾文演化論的分支上，恐怕要倒退到很古早之前」。

還有兩個有趣的問題依然沒有解答。第一，我們無法得知金凱的攝影相片檔案流落何方。考慮到他的工作性質，肯定會有上千、搞不好上萬張相片，卻一直沒有找到。我們認為最有可能的結果，而這點也吻合他對自己及在世界上定位的看法，便是他在死前就毀掉。

第二個問題則是關於他在一九七五年至一九八二年的生活，可得到的資訊少之又少。我們知道他在西雅圖生活了幾年，靠著人像攝影賺取微薄的收入，接著又去拍攝了普吉特海灣地區，除此之外一無所知。有個有趣的地方值得注意，社會安全局及退伍軍人事務局寄給他的所有信件，信封上都有他手寫的「退回寄件者」，然後退了回去。

這本書的籌備與寫作過程改變了我的世界觀，轉變了我的思考方式，尤其是讓我對於人際關係場域中的可能性少了許多憤世嫉俗的想法。在我調查研究的過程中，漸漸認識法蘭切絲卡·強森及羅伯特·金凱這兩個人。我發現這類關係的界線可以比我過去認為的延伸到更廣處。或許你在閱讀這段故事時也會有相同感受。

這不會太容易。在這日漸殘酷的世界，我們每個人身上都披著情感受創後結痂形成的甲冑。我不確定強烈的激情是在哪裡消失、又從哪裡開始發出無病呻吟，但是我們向來容易去嘲弄前者的情況，同時將真實而外顯的情感視為脆弱的表現，並因此難以體會所謂溫柔和善的境界，從而無法理解法蘭切絲卡．強森與羅伯特．金凱的故事。我知道我首先必須導正自己的這種傾向，才能夠開始寫作。

不過，若是你在閱讀時能夠按照詩人柯立芝（Coleridge）所說，自願擱置懷疑的心態，那麼我相信你就能體會到我所體會的。或許，在你心中那片不置可否的空間裡，甚至能夠像法蘭切絲卡．強森一樣，再次找到能翩翩起舞的地方。

一九九一年夏天

羅伯特．金凱

一九六五年八月八日早晨，華盛頓州貝靈漢一棟結構凌亂的房屋三樓，羅伯特．金凱鎖上自己兩房小租屋處的門，扛著裝滿攝影裝備的背包，還有一只行李箱走下木頭樓梯，穿過走廊到了房屋後方，他那輛老舊的雪佛蘭皮卡車就停在房屋住戶專用的停車位。

卡車裡已經放了另一只背包、一口中型保冰箱、兩把三腳架、好幾盒駱駝牌香菸、一個保溫杯還有一袋水果，而卡車的置物箱中放著吉他硬盒。金凱將兩只背包放在座位上，保冰箱和三腳架擺在地板，接著爬上卡車置物箱，把吉他硬盒與行李箱推到置物箱角落，然後與平擺在旁邊的備胎綁在一起，用一段長長的晒衣繩把兩個箱子和輪胎繫緊，最後在那個老舊的備胎底下塞進一件防水的黑色篷布。

他鑽進皮卡車的駕駛座，點燃一根駱駝牌香菸，在心裡檢查了一次該帶的東西：兩百捲各類底片，大多是慢速的柯達克羅姆彩色底片、三腳架、保冰箱、三臺相機和五顆鏡頭、牛仔褲和卡其休閒褲、襯衫、穿著用攝影背心，沒問題。其他東西要是忘了，可以路上再買。

金凱穿著褪色的 Levi’s 牛仔褲，腳上是踩了許多年的紅翼休閒靴，上衣是卡其襯衫配著橘色吊帶，褲頭繫著寬版皮帶，皮帶上掛著一把套了原裝刀套的瑞士刀。

他看著自己的手錶，八點十七分。試了第二次終於發動了卡車。他倒退、換檔，在多雲的晴天下慢慢駛出巷口。他穿過貝靈漢的街道往南開向華盛頓十一號公路，沿著普吉特海灣岸邊開了幾哩，然後跟著高速公路往東拐了一下，再開上美國二十號公路。

他迎向陽光，開著車展開穿越喀斯喀特山脈這條漫長而蜿蜒的旅程。他喜愛這個國家，感受不到壓力，不時停駐，做些筆記，關於未來可能進行什麼有趣的探險計畫，或者拍攝他所謂的「回憶快照」。之所以要匆匆拍下這些相片，是要提醒他自己以後或許會想再次造訪的地方，並且更認真探索。接近傍晚時分，他在斯波坎向北轉，開上美國二號公路，這條路會帶著他橫跨美國大半個北部地區，前往明尼蘇達州的杜魯斯。

他這一生第一千次希望自己有養狗，或許是黃金獵犬，如此一來，在這樣的旅程中或在家裡，就都有了陪伴。但是他經常出門，大多數時間還要到海外，這樣對寵物來說很不公平。不過他還是會這樣想著，再過幾年他逐漸年老，就不適合辛苦的實地工作，「到時候我可能就會養隻狗。」他看著卡車窗外飛掠而過的青綠針葉林這樣說。

像這樣開車上路，總會讓他在心裡盤點著什麼，養狗就是其中一件。羅伯特・金凱完全可以說是孑然一身。身為獨子的他父母雙亡，和親戚關係疏離，彼此早就斷了聯繫，而他也沒有親近的朋友。

他知道貝靈漢街角那處市場攤販店主的姓名，還有他去買設備的攝影器材店家老闆的名字。另外，他和幾家雜誌的編輯都維持著正式的職場往來關係，除此之外他幾乎沒有認識什麼人，也沒人認識他。吉普賽人很難和普通人做朋友，他就有點像吉普賽人。

他想起了瑪麗安。她在九年前離開他，結束了兩人五年的婚姻。他現在五十二歲，這樣算起來她還不滿四十。瑪麗安一直懷抱著音樂人的夢想，想成為民謠歌手，她會唱紡織工樂隊的所有歌曲，而且在西雅圖的咖啡館裡也唱得很好，過去他若在家，就會開車載她到演出場地，坐在觀眾席中聽她唱歌。

他不在家的時間很長，有時會到兩、三個月，讓婚姻很難維繫。他很清楚。他們決定結婚時，她就知道他的工作性質，而兩人似乎都隱約覺得總有辦法解決：然而結果是不能。他到冰島去拍攝專題故事，回家時就發現她走了，留下的字條上寫著：「羅伯特，這樣行不通。我把和聲牌吉他留給你，保持聯絡。」

他沒有和她保持聯絡，她也沒有。一年後他收到了離婚協議書，他簽名之後的隔天就搭上飛往澳洲的飛機。除了自由，她一無所求。

他在蒙大拿州卡利斯佩爾停留過夜，時間已經很晚，名叫舒適的旅店看起來不會太貴，確實也如此。他把裝備都搬進房間，房裡有兩盞桌燈，其中一盞燈泡已經燒壞。他躺在床上閱讀海明威寫的《非洲青山》，喝了一罐啤酒，他可以聞到卡利斯佩爾當地造紙廠的氣味。早上他出去慢跑了四十分鐘，做了五十下仰臥起坐，把相機當成輕量的舉重砝碼，做完整套訓練。

他開車橫越過蒙大拿州北方，進入北達科他州。覺得這片淳樸而平坦的鄉間就和高山或大海一樣迷人，這個地方有一種簡樸的美感，讓他數度駐足，擺好三腳架拍攝幾處老舊農場建築的黑白照片。這片風景正好符合他喜好簡單的風格，印地安保留區則令人沮喪，箇中原因人人皆知，卻人人忽視，不過在華盛頓州西北部的那類居住區也好不到哪裡去，他到每個地方看過的保留區都差不多。

八月十四日上午，他離開杜魯斯已經兩個小時，車子切過東北部，走小徑開到了西賓以及鐵礦區，空氣中飄揚著紅色塵埃，能看見大型機具和火車，專門為了載運礦石到停泊於蘇必略湖雙港的貨輪上。他花了一個下午在西賓四處閒逛，雖然後來改名叫巴布·狄倫的歌手齊默曼出身於這座小鎮，他卻發現自己不喜歡這個地方。

在狄倫創作的眾多歌曲中，他唯一真正喜歡的是〈北郡女孩〉（Girl

from the North Country），他會彈奏也會唱，而他一邊哼著這首歌的歌詞，一邊開車離開這個在土地上留下巨大紅色坑洞的地方。瑪麗安教過他幾個和弦，還有怎麼彈奏基本的琶音幫自己伴奏，「她留給我的比我留給她的還多。」有一次他在亞馬遜盆地某處叫做麥克埃羅伊酒吧的地方，和一個喝得酩酊大醉的內河船駕駛這樣說過。

蘇必略國家森林很棒，真的很棒。這個國家適合旅人遠行。他年輕時便希望過去那種旅人長途流浪的日子不要結束，這樣自己才能成為其中一員。他開車經過一片草地，看見三頭駝鹿、一隻赤狐和許多鹿。他停在一片池塘邊，拍攝了幾張奇形怪狀的樹枝映在池水上的倒影，拍完之後坐在卡車的側踏板上喝咖啡、抽根菸，聆聽掠過樺樹林間的風聲。

「有個人在身邊會很好，一個女人，」他一邊想，一邊看著香菸的煙霧飄過池塘上方，「變老就會讓你陷入這種想法。」不過，若和他這樣經常出門的人在一起，留在家裡的人會很不好過。他已明白了這點。

他待在貝靈漢的家裡時，偶爾會和西雅圖一家廣告公司的創意總監約會。他在一次幫某家企業拍攝時認識了她。她四十二歲，聰明又善良，但是他不愛她，也永遠不會愛她。

不過有時他們兩人會稍感寂寞，於是共度一夜，一起去看電影、喝幾杯啤酒，之後來一場無甚激情的性愛。她也算情場老手，有過兩段婚姻，而且上大學時也在幾家酒吧做女侍賺錢。他們做完愛躺在一起時，她總會告訴他。「你是最棒的，羅伯特，沒有得比，其他人根本比不上。」

他想，男人聽到這樣的話應該是好事，但是他不是那麼有經驗，而且也不可能知道她到底是不是說實話。不過她有一次說的話倒是留在他腦海中揮之不去。「羅伯特，你體內有一種生物，我還沒有好到能使其現身，也不夠強大能去觸碰。我有時候會覺得你在這裡已經很長一段時間。不只活了一輩子，你流連在某些隱密的地方，是我們其他人連做夢都夢不到的場所。雖然你對我很溫柔，卻仍然讓我害怕，如果我在你身邊沒有努力控制住自己，好像就會失去我的重心，再也回不來。」

他心裡隱約知道她在說什麼，但就連他也搞不懂自己。他在俄亥俄州一處小鎮長大，當時甚至還只是個小男孩，就已經懷著一些虛無飄渺的念頭，強壯的體魄和早慧的頭腦加在一起，總讓他有一種悲劇的傷感。其他孩子在唱著「划啊划，划小船」的兒歌時，他學的是法國歌舞秀歌曲的旋律及英文歌詞。

他喜歡文字與影像，「藍」（blue）就是他很喜歡的一個字，他喜歡自己說這個字時嘴唇與舌頭活動的感覺。他記得自己在年輕時就這樣想過，文字可以讓身體有所感受，不只是意義。他還有其他喜歡的字詞，例如「距離」（distant）、「柴薪煙霧」（woodsmoke）、「高速公路」（highway）、

「古老」（ancient）、「通道」（passage）、「旅人」（voyageur）和「印度」（India）。他喜歡這些字詞的發音、嘗在嘴裡的感受，還有在他腦中觸發的影像。他在自己房間裡貼著喜歡的字詞清單。

他會把字詞組合成短句，也貼在牆上：

太靠近火。

我帶著一小群旅人從東方而來。

拯救我的和出賣我的不斷喋喋不休。

寶物啊寶物，讓我看看你的祕密。

舵手啊舵手，掉轉船頭帶我回家。

在藍鯨游泳之處赤裸躺著。

她祝願他能夠搭上駛離冬日車站的蒸氣列車。

在我成為人之前，我是一根箭矢——許久許久以前。

還有一些是他喜歡的地名：索馬里洋流、大哈契特山脈、麻六甲海峽等等，可以寫成長長一份清單，這些寫滿文字、短句和地名的紙張最終貼滿了他房間的牆壁。

就連他的母親也注意到他的與眾不同。他一直到了三歲才開口講話，一開口就說出完整的句子，而且五歲就擁有非常好的閱讀能力。不過他在學校裡的表現並不熱衷，讓老師們甚是煩惱。

他們看過他的智力測驗分數後和他談到將來的成就，例如可以去做自己能夠做到的事情，說他可以成為自己想要成為的樣子。他的一位高中老師給他留了以下評語：「他認為『用智力測驗來判斷人的能力並不適當，就像無法用這套測驗來評價魔法。而魔法有其重要性，除了本身的價值之外，也能與邏輯互補』，我建議和他父母見面討論。」

他母親見過幾位老師，老師們談到，羅伯特明明很聰明，卻總是默默表現出桀驁不馴的樣子。他母親說：「羅伯特活在自己創造的世界，我知道他是我兒子，但有時我覺得他並不是我和我丈夫的孩子，而是來自另一個地方。所以他努力想回去那裡。我很感激你們這麼關心他，我會再試著鼓勵他在學校表現好一點。」

但是他只要將附近圖書館裡所有關於冒險和旅行的書籍都讀過，就很滿足了，而且也是自己讀過就做罷。他會花上好幾天沿著小鎮邊界那條河流探索，不去理睬舞會、美式足球比賽和其他讓他覺得無趣的事。他會去釣魚、游泳、散步，躺在長長的草地間聽著從遠方傳來的聲響，他喜歡幻想只有自己能聽見這些聲音。「這個世界上有巫師，」他以前會這樣自言自語，「只要保持安靜、懷著開放的心胸，就能聽見他們的聲音。他們確實存在。」而他希望自己有養狗，能和他分享這些時光。

他們家沒有錢供他上大學，他也不想上大學。他父親很辛勤工作，對他和母親也很好，但是在生產閥門的工廠工作賺不了太多錢，無法負擔其他東西，包括養狗在內。他十八歲那年父親過世，再加上大蕭條時期，讓他肩頭的負擔更重。於是他選擇從軍，好養活他母親和自己。他在軍隊待了四年，而這四年卻改變了他的一生。

在軍隊式思考的神祕運作之下，雖然他根本連怎麼幫相機裝底片都不知道，還是被分派成為攝影師的助手，結果就是在那份工作中找到了自己的志向。技術面的細節對他來說很容易，不到一個月的時間，他已經可以為兩名攝影記者做暗房沖洗的工作，而且還獲准自己進行簡單的攝影任務。

其中一位叫做吉姆．彼得森的攝影師很喜歡他，會多花時間教他認識攝影的奧妙，羅伯特．金凱從蒙茅斯堡鎮上的圖書館借了幾本攝影和藝術書籍來研究，他在一開始尤其喜歡法國印象派藝術家以及林布蘭對光影的運用。

最後他開始發現自己拍攝的對象是光線而非物體，物體僅僅是反射光線的載體。如果光線很漂亮，就一定能夠找到值得拍攝的東西。當時三十五釐米底片相機剛剛開始流行，他在附近一家相機店買了一臺二手徠卡相機帶到紐澤西的開普梅，在那邊度過一週的假期，拍攝海岸邊的生活樣貌。

還有一次，他搭著公車到緬因州沿著海岸健行，日出時分搭上從康乃狄克州史東寧頓出發前往緬因州高島的郵務船，紮營過夜之後，又搭著渡輪橫越芬迪灣，到了新斯科舍省。他開始做筆記，記錄相機的設定與他想要再次造訪的地方。他二十二歲退伍時已是技巧相當純熟的攝影師，並且在紐約找到一份工作，擔任知名時尚攝影師的助手。

女模特兒都很漂亮，他和幾位約會過，還跟其中一位發展出戀情，但是後來她搬去巴黎，兩人便漸行漸遠。她曾經對他說：「羅伯特，我不太確定你是誰、又是怎麼回事，但是請你來巴黎找我。」他說他會，說的時候也沒有騙人，但是一直都沒有去。多年後，他拍攝一段關於諾曼第海灘的故事，在巴黎電話簿上找到她的名字，打了電話過去後他們約在一家戶外咖啡廳喝咖啡，她已經嫁給了一名電影導演，並育有三個孩子。

他對時尚的概念並無太大興趣。人們會扔掉看起來還十分完好的衣服，或者根據歐洲時尚獨裁者的指示進行大幅修改。他覺得這樣很蠢，在拍攝照片時也覺得不受重視。「什麼人生產什麼物。」離開這份工作時，他這樣說。

待在紐約的第二年間，他母親過世了。他回到俄亥俄州處理母親的後事，接著坐在律師面前聽他宣讀遺囑。母親沒留下什麼，他也不認為會有什麼遺產，不過他很意外發現父母居然積攢了一點產權，就是他們婚後一直住著的那棟富蘭克林街上的小房子。他將房子賣掉後用那筆錢買了第一流的攝影器材。把錢付給相機銷售員時，他想起了父親為了這筆錢辛苦工作的那些年，還有他們一直過的簡樸生活。

他有幾幅作品開始出現在小雜誌裡，然後《國家地理雜誌》打電話給他，他們看見他在開普梅拍攝的月曆照片，他和他們談過之後接下一份小小的攝影專案，在工作時展現出自己的專業能力，由此順利踏上專業攝影師之路。

一九四三年，軍隊將他召回，他和海軍陸戰隊同行，肩上扛著相機，在南太平洋的海灘上艱難行軍，仰躺著拍下士兵從兩棲登陸艇走下的模樣。他看見他們臉上的恐懼，自己也感覺到了，接著又看見他們在機關槍的砲火下被炸成兩半、看見他們向上帝和母親祈禱求助。他全都拍攝下來，也存活了下來，一直無法理解所謂戰地攝影的榮耀與浪漫。

他在一九四五年退伍後便打電話給《國家地理雜誌》，他們隨時歡迎他。他在舊金山買了一輛摩托車，往南騎向加州的大蘇爾，在海灘上和一位來自卡梅爾的大提琴家做愛，然後北上去探索華盛頓州。他很喜歡那裡，決定在此定居。

如今到了五十二歲，他仍在觀察光線。他已經去過大部分小時候貼在牆上的地方，造訪當地時也驚嘆著自己居然真的到了這裡，坐在新加坡萊佛士酒店的酒吧、坐在嘎吱作響的河船中，朝亞馬遜上游而去。他還曾經騎在駱駝背上搖晃越過印度的塔爾沙漠。

蘇必略湖的湖岸就和他先前聽說的一樣風景優美。他記下了幾個地點做為未來探索的參考，拍了幾張照片，好在日後勾起自己的回憶，然後沿著密西西比河往南出發到愛荷華州。他從來沒有去過愛荷華，但是深受大河旁東北部的山丘所吸引。他駐足在一個叫做克萊頓的小鎮，住在一間漁夫汽車旅館，花了兩個早上拍攝推進拖船，有天下午還應了他在當地酒吧認識的引水人邀請，上了一艘拖船。

一九六五年八月十六日的一大清早，他改走美國六十五號公路，穿過德梅因，然後在愛荷華九十二號公路向西轉前往麥迪遜郡，而根據《國家地理雜誌》的說法，廊橋應該就在那裡——確實就在。德士古加油站的人也這樣說，還幫他指了總共七座橋的方向，雖然只是大概。

他應該是在地圖上計畫拍攝時怎麼規劃路程發現的。前六座很好找，不過第七座是一個叫做羅斯曼橋的地方，怎麼也找不到。天氣很熱，他也很熱，他的卡車哈利也很熱。他開在礫石路上繞來繞去，似乎哪裡也到不了，只是帶著他開往下一條礫石路。

他到國外時的經驗法則是「問三次」。他發現問到三次的答案，即使全部都錯，也會逐漸引導你去到想去的地方。或許在這裡的話兩次就夠。

在一條不到一百公尺長的小路盡頭，立著一座郵箱。郵箱上的名字是

「理查·強森，RR2」，他放慢速度轉進那條巷子，想找人問路。

他在庭院裡停下車時，房屋前廊上坐著一個女人。那裡看起來很涼爽，而她喝的東西看起來更是清涼。她離開門廊朝他走來，他則走下卡車看著她。他仔細看，然後又更仔細。她長得很漂亮，或者說曾有過漂亮的時候，以後也可能還是漂亮的。他馬上開始感覺到那股熟悉的笨拙感。每次只要遇到自己稍微有一點點喜歡的女人，他就會這樣。

法蘭切絲卡

深秋對法蘭切絲卡來說是生日的季節，冷冷的雨水落在她位於愛荷華州南部鄉間的小屋屋頂上。她看著雨，看向雨幕之外密德河邊的那一片山丘，想起了理查。他八年前過世那天就是這樣的天氣，她並不是很想記得害死他的那種疾病叫做什麼，不過法蘭切絲卡現在會想起他，想起他總是那般擇善固執又沉穩，還有他帶給她的安穩生活。

孩子打了電話來，他們兩人今年又無法回家幫她過生日，不過她也六十七歲了，她懂，一直都懂。以前都能了解，以後也會。他們都是在衝刺事業的時候，總是四處奔波，忙著管理醫院、春風化雨。麥可剛結了第二次婚，凱洛琳則努力維持第一段。法蘭切絲卡其實暗自竊喜他們似乎從來不打算在她生日時來看她，她早就為那一天安排好自己的慶祝儀式。

這天早上，她的朋友從溫特塞特帶著生日蛋糕過來找她。法蘭切絲卡煮了咖啡，眾人的閒聊內容從孫子和鎮上雜事，講到感恩節及聖誕節該幫誰買什麼禮物，客廳裡迴盪著低聲笑語和時起時落的交談。這樣的熟悉感令人安心，也讓法蘭切絲卡記起，在理查過世後她為什麼一直待在這裡的小小原因。

麥可已經搬到了佛羅里達州，凱洛琳則落腳新英格蘭，但是她一直待在愛荷華州南部的山間，留在這片土地上，為了一個特殊的理由，保留著舊地址，而她很高興自己這麼做。

法蘭切絲卡看著友人在午餐時間離開，她們各自開著別克和福特轎車離開小路，轉向鋪著柏油的郡道，前往溫特塞特，雨刷不斷撥開雨水。她們都是法蘭切絲卡的好朋友，只是永遠也不理解她的內心在想什麼。就算她自己說出口，她們也不會懂。

她的丈夫在戰後帶著她從那不勒斯來到這裡，他說她會找到好朋友。他說：「愛荷華人有缺點，卻不會缺乏關愛。」他那時說的對，現在看來也對。

他們相遇時她二十五歲，離開大學已有三年，在一家私立女校教書，思考著自己人生的可能性。義大利大多數年輕人或死或傷，或落入戰俘營，或飽受戰爭摧殘。她先前和大學的一位藝術教授尼可羅交往了一陣子，他整日畫畫，晚上就帶著她到那不勒斯的底層社會遊歷，過著瘋狂而不羈的生活，但是她父母的思想傳統，總是不贊成兩人來往。終於，這段戀情在一年前結束。

她用緞帶綁起黑髮，仍緊抓著夢想，只是沒有帥氣的水手靠岸下船來找她，她的窗邊也沒傳來人站在街道上抬頭呼喊她的聲音。現實的強大壓力終於讓她認清：她的選擇有限。這時理查提供了另一個合理的選項，亦即善良的伴侶與美國生活的甜蜜承諾。

他們坐在咖啡館裡，沐浴在地中海的陽光中。她曾經仔細研究過穿著軍服的他，看見他帶著中西部人的誠懇神情望著她，便跟他來到了愛荷華州。後來懷了他的孩子，看著麥可在寒冷的十月晚上踢足球，帶著凱洛琳到德梅因買舞會的洋裝。她每年都會和那不勒斯的姊妹通幾次信，也回去了兩次，各是為了參加父親與母親的葬禮。不過現在麥迪遜郡就是她的家，她也不盼望著再回去。

下午時雨停了，然後在天色暗下之前又開始下雨。在暮光中，法蘭切絲卡倒了一小杯白蘭地，打開了理查留下的掀蓋式書桌底層抽屜，這件胡桃木家具在理查的家族已經傳承了三代。她拿出一個牛皮紙信封，伸手慢慢撫過表面，她每年的這一天都會這麼做。

郵戳上寫著「華盛頓州西雅圖，一九六五年九月十二日」，她每次都會先看郵戳，那是這套儀式的一部分，再讀手寫的地址：「法蘭切絲卡・強森收，愛荷華州溫特塞特，RR2。」接下來是漫不經心草草寫在左上角的寄件地址：「華盛頓州貝靈漢，642號郵箱。」她坐在窗邊的椅子上看著這兩行地址，專心想像，因為其中隱含著他雙手的動作，而她想要喚回在二十二年前那雙手碰觸自己身體的感覺。

等到她可以感到他的手撫摸著自己，她打開信封，小心拿出三封信、一篇短短的書稿、兩張照片還有一本完整的《國家地理雜誌》，另外附上其他幾期雜誌中的剪報。在逐漸黯淡的灰暗光線中，她啜了一口白蘭地，眼鏡低掛在鼻梁上，看著夾在打字書稿上的一張手寫字條。這封信是用他的信箋寫的，設計很簡單，只是在信箋上方用嚴謹的字體寫著「羅伯特・金凱，作家／攝影師」。

一九六五年九月十日

親愛的法蘭切絲卡：

隨信附上兩張照片，一張是我拍攝了日出時妳在牧場上的樣子，我希望妳和我一樣喜歡這張照片；另一張是羅斯曼橋，我拍完照後才拿掉妳釘在橋上的字條。

我坐在這裡不斷來回逡巡著腦中的灰色地帶，溫習著我們在一起那段時光的每個細節、每個時刻，我一次又一次問自己：「我在愛荷華州的麥迪遜郡是怎麼回事？」而我卻無法拼湊，所以才寫了〈從Z空間墜落〉這個短篇故事，我也附上這篇故事，希望試著藉此從我的困惑中篩濾出思緒。

我垂眼看著長長的鏡頭，而盡頭那一端就是妳。我開始提筆寫一篇文章，寫關於妳的事，我甚至不知道自己是怎麼從愛荷華回到這裡來，那輛老卡車不知怎地就帶我回家了，我卻對自己走過多少里路毫無記憶。幾週前，我很獨立自主，也相當滿足於現況，生活或許不算特別開心，可能還有一點寂寞，但至少是滿足的。這一切都變了，我現在明白，我一直都在走向妳，而妳也一直在走向我，我們已經走了很久，雖然在相遇之前都不知道彼此的存在，但是在我們的無知之下，卻一直有一股無意識的篤定，發出愉悅的嗡鳴聲，就是要讓我們在一起，就像兩隻孤鳥受到天象的召喚，飛越過廣大的平原，這麼多年的漫長人生，我們一直都朝著彼此前進。

像道路這樣的地方十分奇異，沿著道路前進的風景變換，我抬頭便看見妳在那個八月天裡朝著我的卡車從草地另一端走過來，回想起來似乎怎麼躲也躲不掉，不可能還有別的方式，我稱之為不可能中的高可能性。

因此如今的我四處奔走時體內都藏著另一個人，不過我想，我們分開那天我的說法比較好，那是我們結合彼此兩人創造出的第三人，而現在無論我走到何處，身後都跟著另一個個體。

無論如何，我們一定要再見一面。哪裡都好、哪時都行。

如果妳有任何需要，或者只是想要見面：打電話給我，我馬上就到。如果妳能夠到這裡來，任何時候都行，通知我一聲。如果擔心機票的費用，我來處理。我下週就要出發去印度東南部，但十月底會回來。

我愛妳

羅伯特

附註：麥迪遜郡的拍攝成品很不錯，可以看看明年的《國家地理》，或者等出刊後，想要就告訴我，我直接寄一本給妳。

法蘭切絲卡．強森把白蘭地酒杯放在寬大的櫟木窗臺上，看著那張八乘十吋大小的黑白相片，主角正是她自己。有時她也很難記住自己在二十二年前的模樣，穿著緊身褪色的牛仔褲、涼鞋和白T恤，清晨的風吹起了她的頭髮，而她正往後靠在柵欄的欄杆上。

從她窗邊的位置看著窗外的雨，可以看到仍圍繞著牧場周邊那道老舊柵欄的欄杆柱。理查死後，她把土地租給別人，合約中明訂牧場必須保持完整，就算如今已一片空蕩，徒留青草蔓生，也不能動。

照片中她的臉上才剛顯露出幾條真正的皺紋，他的相機也捕捉到了。不過她還是很喜歡自己眼中所見。她的頭髮烏黑，身材豐滿而溫暖，塞滿牛仔褲的程度剛剛好。不過她一直盯著看的是自己的臉。那個女人的臉上寫滿的是她與拍照的男人瘋狂相愛，甚至到了無法挽回的程度。

她也能順著自己記憶的流動清楚看見他。每年她都在自己腦海中鉅細靡遺溫習每一幅景象，記住一切，一點也不會忘掉，永遠將一切銘刻在腦中，就像原始部落的人會透過口述，將歷史一代又一代傳承下去。他的身材高瘦而結實，移動起來就像青草那樣優雅得游刃有餘。他垂著一頭銀灰髮，超過耳下許多，看起來幾乎總是亂七八糟，彷彿才剛結束一趟遠洋航程歸來，飽受強風摧殘。他努力想用雙手將頭髮梳整齊。

他的臉型窄瘦，顴骨很高，被頭髮蓋住的額頭再往下就是一雙淡藍色眼睛，似乎不斷在尋找著下一張照片。他曾經對她微笑著說她在清晨光線中看來如此美麗而溫暖，要求她往後靠在欄杆上，圍繞在她身邊大幅度移動。先是蹲下從膝蓋的高度拍攝，然後站起來，又躺在地上把相機朝上對準她。

看到他用了那麼多底片，她雖是有點難為情，卻也很開心他在自己身上投入大量注意力。她希望附近鄰居不會這麼早就開著拖拉機出門。不過在那一天早上，她也不太理會鄰居和他們的想法。

他拍攝、裝底片、換鏡頭、更換相機、又拍了幾張。在工作的時候還輕聲對她說話，一直說她在他眼中有多好看、他有多愛她，「法蘭切絲卡，妳的美麗真是無與倫比。」有時他會停下來，只是凝視著她，要看穿她似的，看著她的周圍、看進她的心裡。

她的乳頭緊貼著棉T恤，可以清楚看見輪廓。奇怪的是，她一直不在乎自己在T恤底下沒穿其他東西，而且還很開心，慶幸知道他透過鏡頭就能如此清楚看見她的胸部。她在理查身邊絕對不會穿成這樣，他不會苟同。事實上，在遇見羅伯特．金凱之前，她無論何時都不會穿成這樣。

羅伯特要她再稍微往後仰，接著他悄聲說：「對，對，很好，保持這樣。」他就在這時拍下了這張她如今注視著的照片。光線完美，他這樣說道，他形容這是「多雲而晴朗」。在她身邊移動時，他持續不斷按下快門。

他很輕盈。看著他的時候，她所想到的就是這個形容詞。五十二歲的他，身上都是精瘦的肌肉，在他活動時肌肉便展現出緊繃與力量，只有辛勤工作、懂得照顧自己的男人才會養出這樣的肌肉。他告訴她，他曾在太平洋擔任戰地攝影師，法蘭切絲卡可以想像他和海軍陸戰隊站上硝煙瀰漫的海灘，揹著的相機在他身上敲打，一隻眼睛正從相機鏡頭望出去，拍照的速度快到讓快門差點著火。

她又看著照片細細研究。我看起來確實很漂亮，她想。想到這樣稍稍自戀的自己便揚起嘴角。「我在這之前、在這之後，看起來都沒有這麼漂亮了，是他拍得好。」然後她又啜飲一口白蘭地，聽著外頭的雨越下越大，迎著十一月的風勢胡亂飛舞起來。

羅伯特・金凱可以說是個魔術師，在各種詭怪、可以說是危機重重的地方獨善其身。一九六五年八月，一個炎熱乾燥的週一，當他把卡車停在法蘭切絲卡家的車道走下車，她馬上察覺出來了。理查帶著孩子去伊利諾的農牧博覽會展示那頭寶貴的公牛，理查照顧這頭牛比照顧她還勤。於是這一週就只有她自己。

她一直坐在前廊的搖椅上搖晃，喝著冰茶，一臉愜意看著一輛皮卡車從州道上開過來，車子底盤捲起了塵土。卡車速度很慢，駕駛彷彿在尋找什麼，在她家門前的小路不遠處停下，然後轉頭往她家開過來。喔天啊，她當時心想，這是誰啊？

她那時沒穿鞋子，身上一件牛仔褲和一件褪色的藍色工作衫，還捲起了袖子、沒紮衣服。她的一頭黑色長髮只用一把玳瑁梳紮了起來。這是她離開家鄉時父親送給她的。卡車緩緩開上小路，在房子四周的鐵絲網柵欄大門附近停下。

法蘭切絲卡走下門廊，不疾不徐地穿過草地、走向大門，接著羅伯特·金凱就從皮卡車裡鑽了出來，看起來就像一本從未寫成的書中描述的景象，那本書的書名將會是《圖解通靈人歷史》。

他的卡其色上衣看來像是軍人穿的，因為流汗而緊貼在背上，腋下也出現深色的大圈圈。衣服上方三顆釦子沒有扣。她可以看見他脖子上戴著一條沒有裝飾的銀鏈子，往下就是緊繃的胸肌，橘色的寬吊帶搭在他肩膀上，花很多時間在野外活動的人經常會穿這樣的吊帶。

他微笑著說：「抱歉打擾，我在找這附近的一座廊橋，但找不到，我想我是一時迷了路。」他拿出一條藍色的大手帕擦擦額頭，又揚起微笑。

他直勾勾地看著她，她則覺得自己內心似乎有什麼躍動了一下，那雙眼睛、那個聲音、那張臉、銀白的頭髮，還有他移動身體時那泰然自若的樣子，有些老態、有些令人心顫不安，深深吸引著你。那模樣會在你即將入睡、清醒與夢境間的阻隔就要落下的最後一刻，悄然對你說話。那模樣會重組男性和女性之間的分子間距，無論什麼物種皆然。

世代必定要更迭，而那模樣只是悄聲訴說著那唯一的需求，再無其他。

這股力量無窮無盡，這番規劃也極為優雅。那姿態堅定不移，目標明確，所求再簡單不過，是我們使其目的變得複雜。法蘭切絲卡感受到了，即使她還不知道，每一顆細胞卻很清楚。於是，永遠改變她的那件事就此展開。

路上一輛車經過，在車尾捲起一道塵土，駕駛按了喇叭。佛洛埃德．克拉克的棕色手臂從雪佛蘭車窗伸出來，朝法蘭切絲卡揮了揮，她也揮手回應，接著轉身面對陌生人。「很近了，那座橋從這裡開過去大概三公里多。」然後，過了二十年封閉生活的法蘭切絲卡．強森，鄉間生活讓她必須養成畫地自限的行為模式、隱藏起自己的情感。可是她此時說出的話卻讓自己吃驚。「如果想要，我很樂意幫你帶路。」

她一直都不知道自己到底為什麼那麼做。或許經過這麼多年，少女的情感就像一顆泡泡緩緩從水底冒出，終至破出水面。她並不害羞，卻也不積極，唯一能夠做出的結論就是：雖然只看了他幾秒鐘。羅伯特．金凱似乎吸引了她。

聽到她的提議，他顯然有些訝異，不過很快恢復過來，臉上出現認真的表情，說感激不盡。她走到房子後方的階梯，挑了下田工作時穿的牛仔靴，走出來迎向他的卡車，跟著他繞到了副駕駛座。

「先等我花點時間幫妳挪出空間，這裡放了一堆器材什麼的。」他做事時主要是自己喃喃說著話。她聽得出來他有一些慌張，而且對這整件事有點害羞。

他挪動了幾個帆布包和三腳架、一個保溫瓶和幾個紙袋，皮卡車後座放著一只老舊的新秀麗牌行李箱和一卡吉他箱，兩個箱子都灰撲撲、破損不堪，用一條晒衣繩綁在備胎上。

卡車的車門一晃就關了起來，正好打到他的臀部。他正一邊咕噥一邊整理東西，將喝咖啡用的紙杯與香蕉皮塞進棕色購物紙袋裡，整理完之後就把那個紙袋扔進卡車置物箱裡。最後，他搬走一個藍白色的保冷箱，一樣挪到卡車後面。綠色的卡車門上有紅色油漆寫成的字，已經褪色了，寫著**金凱攝影，華盛頓州貝靈漢**。

「好了，我想妳現在可以擠進來了。」他把門打開，等她坐進去之後才關上，再繞過去駕駛座那邊，動作散發一種動物般的奇異優雅，坐到了方向盤後。他看著她，只是很快瞥了一眼，微微笑著說：「往哪走？」

「右邊。」她伸手指了一下。他轉動鑰匙，引擎發出不著調的聲音漸漸啟動。卡車沿著通往大路的小徑顛簸前進，他的長腳自動在踏板上動作，Levi's舊牛仔褲褲管往下搭在皮革綁線的棕色休閒靴上，那雙靴子看起來已踩踏過了不少里程。

他傾身靠過來，伸手到前置物箱裡拿東西，上臂不經意掃過她大腿靠近膝蓋的位置。他的眼睛一邊注意著擋風玻璃外，一邊看著置物箱裡，拿出一張名片遞給她。「羅伯特．金凱，作家／攝影師。」名片上還印著他的住址及電話號碼。

「我是出來幫《國家地理雜誌》拍攝專題的，」他說，「妳知道這本雜誌嗎？」

「知道。」法蘭切絲卡點點頭，想著有誰不知道嗎？

「他們在做一個廊橋的專題報導，而愛荷華州的麥迪遜郡顯然有幾座有趣的橋，我找到了其中六座，不過我想應該至少還有一座，就是在這個方向。」

「那座橋叫羅斯曼橋。」法蘭切絲卡的音量壓過了風聲及輪胎、引擎發出的噪音，她的聲音聽起來怪怪的，彷彿屬於另一個人，屬於一個住在那不勒斯的青少女。她會將頭探出窗外，看著底下的城市街道，一路望向遠處的火車站，或者看著港口的方向，想著還沒出現的遠方戀人。她說話時看著他換檔，同時前臂舒張的肌肉。

她身邊有兩只背包，一個扣上了開口，另一個卻將開口往後折。她可以看見背包裡冒出一架相機，上面有一層銀色，背面則是黑色，然後在相機背面貼著底片盒的盒底，寫著「柯達克羅姆二代彩色底片，二十五釐米，三十六曝光」，還有一件卡其色背心塞在那些盒子後面，背心上有許多口袋，其中一個掛著一條細線，細線尾端綁著一個吸盤塞頭。

她腳後有兩根三腳架，上面刮痕累累，不過還是能看到其中一根上面貼著久經磨損的一部分標籤，是捷信牌。他打開前置物箱時，她注意到裡面塞滿了筆記本、地圖、筆、空底片筒、一些零錢，還有一整盒駱駝牌香菸。

「下個路口右轉。」她說。這時她總算有理由看著羅伯特．金凱的側影。他晒成了健康的膚色，皮膚平滑，並因汗水閃閃發光。他的嘴脣很好看，她馬上就鬼使神差注意到。孩子還小的時候，強森家曾經到西部去旅遊，她看過印地安男人的鼻子，而他的鼻子就像那樣。

他並不是傳統審美觀中認為的那種英俊男子。不是說醜陋，用那些形容詞來描述他似乎不太合適，不過確實有些什麼，他身上有某種特質，一種非常古老、有一點點歷經風霜的味道。不是在他的相貌，而是他的雙眼。

他左手手腕上戴著一支錶面複雜的手錶，錶帶則是汗水浸漬過的棕色皮革；右手手腕則戴著一條銀色手鏈，手鏈上刻著細緻的纏枝花紋，法蘭切絲卡想著，這可得用銀器清潔液好好擦一擦，然後又因為自己陷入小鎮生活的瑣碎——這麼多年來她一直默默反抗——於是暗暗斥責自己。

羅伯特．金凱從襯衫口袋裡拿出一包香菸搖了搖，便有香菸從開口處露出半根長度，他遞給她，她很驚訝自己居然收下，這已經是五分鐘來第二次。我在做什麼？她想著。幾年前她會抽菸，不過在理查不時批評敲打之下便戒了。他又搖出一根菸叼在嘴邊，拿出金色的 Zippo 打火機點燃火焰後朝她遞去，同時雙眼盯著前方的路。

她彎起手掌，圍著打火機，不讓風把火吹熄，並搭著他的手穩住，不受卡車的顛簸影響。她一下子就把菸點燃，這短短一刻卻足以讓她感受到他溫暖的手及手背上的細毛。她往後靠，他則將打火機收回來，點自己的菸，熟練地攏起手掌擋風，雙手離開方向盤還不到一秒。

法蘭切絲卡．強森這位農婦坐在灰撲撲的卡車裡靠著椅背休息，抽著菸指路，並說：「就在那裡，彎過去就到了。」那座老舊的橋梁顏色是斑駁的紅，經年累月下來已稍有傾斜，就橫跨在一條小溪上。

羅伯特．金凱那時才笑開。他很快看了她一眼說：「太棒了，剛好趁日出時拍攝。」他在距離橋梁約三十公尺處停車，帶著沒繫上口的背包一起下車。「我要去探查一下環境，幾分鐘就好，妳介意嗎？」她搖搖頭，也對他微笑。

法蘭切絲卡看著他走上鄉間小路，從背包裡拿出一臺相機，接著把背包甩到左肩上，這樣的動作他已經做過上千次，她從他流暢的動作就能知道。他走路時頭部不斷移動，這邊看看、那邊瞧瞧，一下看著橋，一下又看著橋後的那片樹林，等他轉過來看著身後的她，已換上一臉嚴肅。

鎮上的人都是吃肉汁淋馬鈴薯配紅肉，有些人一天三餐都吃這個。相較之下，羅伯特·金凱看起來好像只吃水果、堅果和蔬菜。他很剛硬，她心想，他的體態看起來很剛硬。她注意到他的臀部包覆在緊身牛仔褲裡顯得多小，她看見左邊口袋塞著摺式錢包的輪廓，右邊則塞著大手帕，他走來走去的姿態看起來似乎沒有絲毫多餘的動作。

四周寂靜，一隻紅翅黑鸝停在鐵絲圍籬上，探頭進來看她，路旁草地裡則傳來草地鷚的啼叫。八月的刺眼日光中沒有其他東西在移動。

羅伯特·金凱就停在廊橋前，站在那裡好一會兒後蹲下來，透過相機鏡頭觀看。他走到小路的另一頭重複一樣的動作，然後他走進廊橋，仔細研究著橫梁和橋面的木板，從橋側的一個孔洞看著底下的小溪流。

法蘭切絲卡在菸灰缸裡捻熄她的香菸，打開車門後讓靴子踩在碎石子路上，她四處看了看，確認沒看見鄰居開著車往這邊過來，才走向廊橋。午後的陽光毒辣，廊橋內看起來比較蔭涼，她見到他的身影出現在橋的另一頭，接著消失在橋上，從斜坡往小溪走下去。

她聽見廊橋內傳來鴿子在簷下的巢中輕柔咕咕叫。她將手掌貼在橋梁側面的木板上感受那股溫暖，幾塊木板上刻寫著塗鴉，像是「金寶到此一遊」、「愛荷華州丹尼森」、「雪莉＋達比」、「雄鷹隊加油！」鴿子還在咕咕咕。

法蘭切絲卡從兩塊側板之間的縫隙窺探出去，往下看著羅伯特·金凱走過去的那道溪流，他正站在小河中間的一塊石頭上看著廊橋的方向。她看見他揮揮手，嚇了一跳。他跳回岸上，踩著輕快的步伐走上陡峭的梯級。她一直看著溪流，然後感覺到他的靴子踩上了廊橋地板。

「真的很棒，這裡很漂亮。」他說話時，聲音在廊橋內迴盪。

法蘭切絲卡點點頭，「是啊，我們這邊已經看習慣了這些舊橋，都不太理會了。」

他走向她，拿出一小捧野花，是一束黑心金光菊，「謝謝妳帶路觀光。」他溫柔笑著，「我改天會趁日出的時候回來拍攝。」她心裡又出現了某種感覺，鮮花，從來沒有人送花給她，即使在特殊的日子也沒有過。

「我還不知道妳的名字。」他說，然後她才發現自己沒有告訴他，並因此覺得很蠢。她說了之後他點點頭。「我聽得出來妳有一點點口音，義大利嗎？」

「對，來很久了。」

又是那輛綠色卡車。皮卡車開在碎石子路上，太陽漸漸低垂，他們有兩次遇到其他車輛，但都不是法蘭切絲卡認識的人。他們開車回農場的那四分鐘車程中，她的思緒飄向遠方，彷彿掙脫開了什麼，有種奇異的感覺。她更認識羅伯特．金凱這位作家／攝影師，那就是她想要的。她想要知道更多。她一邊緊抓著放在大腿上的那束花，直直拿著花束，就像外出郊遊後返家的女學生。

血液湧上她的臉，她感覺得到。她什麼也沒做、什麼也沒說，卻覺得好像自己做了什麼、說了什麼。車輛行駛在路上的轟隆和呼嘯的風聲中，讓人幾乎聽不清楚卡車上的廣播音響傳來什麼，不過還是能聽出一首夏威夷吉他演奏的歌曲，接著是五點鐘的新聞。

他開著卡車駛上車道，「理查是妳的丈夫？」他看見了郵箱。

「對。」法蘭切絲卡說，有點喘不過氣，而她一開始說話就停不下來，

「天氣滿熱的，你要不要喝杯冰茶？」

他轉頭過來看著她。「如果不麻煩的話，當然好。」

「不麻煩。」她說。

她引導著他把皮卡車繞到房子後面停好，希望自己態度看起來輕鬆自然。她不希望到時理查回家，某個鄰居男人就來對他說：「嘿，阿查，家裡動了什麼工程是吧？上禮拜看到有輛綠色皮卡車停在那裡，我知道法蘭在家，所以就懶得過來看。」

走上有些損壞的水泥階梯，就到了後門廊的門口。他開門先讓她進去，然後揹起裝著相機的背包。「熱得要命，不能把裝備放在卡車裡。」他把相機拿出來時這樣說。

廚房裡稍微涼爽一點，但還是很熱。柯利牧羊犬湊近金凱的靴子聞了聞，然後就跑到外面的後門廊趴了下來，法蘭切絲卡則從金屬製冰盤中倒出冰塊，從半加侖的玻璃瓶中倒出太陽茶（sun tea）。她知道坐在廚房桌前的他正盯著自己看。他伸出長長的腿，雙手梳理著頭髮。

「要檸檬嗎？」

「好，謝謝。」

「糖？」

「不用。」

檸檬汁從玻璃杯一側慢慢滴流下來，他也看見了。羅伯特．金凱很少忽略什麼。

法蘭切絲卡把玻璃杯放在他面前，自己的則放在美耐板桌面的另一邊，花束插進水瓶裡。她找了一個用過的果醬玻璃瓶，瓶身貼著唐老鴨的圖案。她靠在流理檯上單腳穩穩站好之後，彎腰脫掉一邊的靴子，接著光腳站著，重複這個動作脫掉另一隻。

他喝了一小口茶看著她，她大約一百六十七、八公分高，四十歲，或再多一點，長得很漂亮，身材線條姣好溫和。但是他旅行去過的每個地方都有漂亮女人，這類外表特質很好，但是對他而言，聰敏、對人生的熱忱，還有能夠以細膩心靈來感動人心，自己也能受其感動——這些才是真正重要的，所以他遇見的大多數年輕女人儘管外表十分美麗，卻吸引不到他，她們經歷的人生不夠長久或者不夠辛苦，因此未能擁有讓他感興趣的那些特質。

但是法蘭切絲卡·強森身上確實有著讓他感興趣的特質，他感覺得到她很聰明，也有熱忱，只是他不太能夠確定那股熱忱是為了什麼，或者究竟有沒有個目標。

後來他會告訴她，他也說不清楚到底是怎麼回事，不過那天看著她脫掉靴子，是他記憶中情慾最強烈的其中一刻。原因並不重要，那不是他理解自己人生的方式，「分析會毀掉完整性，而有些事物，有些神奇的事物，就應該保持完整，如果拆開來細看就會失去這些。」他曾經這樣說過。

她盤起一腿坐在桌前，將幾綹落在臉前的頭髮往後攏，然後重新以玳瑁梳整理固定好。接著她想起了什麼，站起來走到牆邊的櫥櫃拿出一只菸灰缸，放在桌上他伸手可及的地方。

有了這樣的默許，他拿出一包駱駝牌香菸朝她遞過去，她拿了一根菸，注意到香菸因為他大汗淋漓而有點溼。同樣的流程，他拿出金色 Zippo 打火機，她搭著他的手讓火焰不晃動，指尖感覺到他皮膚的觸感，接著往後坐。那根菸的味道很棒，她揚起微笑。

「你的工作到底是什麼？——我是說，拍這些照片要做什麼？」

他看著自己的香菸輕聲說：「我是《國家地理雜誌》約聘的照相——嗯，我是說攝影師，兼差的。我想到些東西，賣給雜誌，然後負責拍照。或者他們有想要做的專題就會聯絡我。沒有什麼藝術表達的空間，這本雜誌還滿保守的，但是酬勞不錯——不是非常多，但不錯，而且很穩定。其他時間我會寫我自己想寫的、拍我想拍的東西，把作品賣給其他雜誌。如果日子難過我也會接商業案子，但是我覺得這類工作根本沒得發揮。

「有時候我會寫詩，寫給自己看，偶爾也嘗試寫小說，但是我好像沒什麼靈感。我住在西雅圖北邊，經常在那一帶工作，我喜歡拍攝漁船、印地安人聚居區和風景。

「《國家地理》的工作經常會讓我在一個地點待上幾個月，尤其是拍攝像亞馬遜部分地區或北非沙漠這類主要專題。通常接到這類任務我會搭飛機到當地再租車，不過我喜歡自己開車走過某些地方，探查看看有沒有未來可以拍攝的事物。我開車沿著蘇必略湖下來，然後穿過黑山回去。妳呢？」

法蘭切絲卡沒想到他會這樣問，一時語塞。「喔，天哪，我和你的工作完全不一樣。我大學念的是比較文學，一九四六年來這裡時溫特塞特正愁找不到教師，而因為我嫁給了本地的退伍軍人，就成了合適的人選。我去考了教師證，在高中教英文教了幾年。但是理查不喜歡我去工作，他說他可以養活我們，所以沒有必要，尤其是我們的兩個孩子年紀還小，所以我放棄了，專心當個農場主婦。就這樣。」

她注意到他的冰茶快喝完，又幫他從瓶子裡倒了一些。

「謝謝。妳喜歡愛荷華這個地方嗎？」這是說真心話的時候，她知道，標準的回答是「不錯，日子很平靜，這裡的人真的很好。」

而她沒有馬上回答。「我可以再抽一根菸嗎？」又是那包駱駝牌，又是打火機，又是搭著他的手，輕輕搭著。陽光在後門廊上緩緩移動，照到了狗的身上，狗站起身來跑走了。法蘭切絲卡終於第一次看著羅伯特．金凱的雙眼。

「我應該要說『不錯，日子很平靜，這裡的人真的很好。』都是真的，大概是。日子是很平靜，而且人們確實很好，就某些角度來說是如此。我們都會互相幫忙，如果有人生病或受傷，鄰居就會捲起袖子來幫忙摘玉米或收成燕麥，不管需要做什麼都去幫忙。在鎮上，你就算下車也不用鎖上，讓孩子到處跑都不用擔心。這裡的人有很多優點，我也因為這些優點而尊敬他們。

「但是——」她猶豫了一下，吸口菸看著桌子另一邊的羅伯特．金凱，「這不是我年輕時夢想的生活。」終於，她坦白說出來了，這些話已經忍了好多年，從來沒有說出口。而她現在對著一個男人，一個開著綠色皮卡車從華盛頓州貝靈漢過來的男人，說出口了。

他沉默好一會兒沒說話，然後才開口。「那天我在筆記本裡寫了些東西當作之後的參考，只是開車路上想到的一點東西，我常常這樣。我想的是：『過去的夢想都是好的夢想，雖沒有成真，但我很高興自己有夢想。』我也不太知道那是什麼意思，不過總會用上這句話，所以我想我大概知道妳的感受。」

於是，法蘭切絲卡對他微笑，她第一次揚起這樣溫暖而打從心底的微笑，賭徒的直覺勝過了一切。「你想要留下來吃晚餐嗎？我家人都不在，所以手邊的材料也不多，但我可以想想要做什麼。」

「嗯，我也差不多吃膩了雜貨店和餐廳的現成食物，肯定是的，如果不會太麻煩，當然好。」

「你喜歡豬排嗎？我可以從菜園採些蔬菜來搭配。」

「只要蔬菜就好了，我不吃肉，好多年都不吃。沒什麼重要的原因，只是我覺得這樣比較好。」

法蘭切絲卡又微笑。「這地方的人不會喜歡那種想法，理查和他的朋友會說你想要毀掉他們的生計。我自己也不太吃肉，不知道為什麼，就是不太喜歡，但每次我在家裡想要吃一頓沒有肉的晚餐，就會聽到不滿的大聲抱怨，所以我差不多放棄嘗試了。想辦法做些不同的菜色、換個口味應該會很有趣。」

「好，但是不要為了我太費工。對了，我的保冷箱裡有一堆底片，我得倒掉融化的冰水、整理一下東西，會花點時間。」他站起來把剩下的茶喝完。

她看著他走出廚房門口、穿過門廊、走進庭院。他不會像其他人那樣讓紗門撞到門框發出聲響，而是輕輕關上。在他跨出門廊之前還蹲下來摸了摸柯利牧羊犬。小狗感覺到男人的善意，便舔了舔他的手臂回應，留下一塌糊塗的口水。

法蘭切絲卡上樓，很快洗了個澡，擦乾身體的同時，她探頭從短窗簾的上方看向庭院。他打開了行李箱，正用一個老舊的手動打水幫浦在清洗身體。她應該跟他說，如果想要，可以用家裡的浴室，她本來有此打算，但又猶豫了一會兒，覺得這樣的邀請對她而言似乎太過親密。於是她在自己的一團混亂中躊躇了一下，就忘了說。

不過羅伯特．金凱還曾經在更糟糕的環境中洗過澡，在猛虎出沒的鄉間用水桶裡腐臭的水淋浴、在沙漠中用自己的水杯擦澡，而在她的庭院中，他脫掉腰部以上的衣物，用自己的髒上衣當成了擦澡巾兼毛巾。「毛巾，」她責備著自己，「至少給條毛巾，我至少可以幫這件事。」

陽光照耀著他的刮鬍刀，刀片就放在幫浦旁邊的水泥地上，她看著他在臉上抹刮鬍泡之後開始刮鬍子，看起來……她想，又是那個形容詞，很剛硬。他的身材並不壯碩，身高略高過一百八十公分，更偏向削瘦，但是以他的身材比例而言，肩膀卻很寬闊，腹部平坦得就像刀刃。不管他年紀多大，看起來都沒那麼老，而且也不像本地的男人那樣，早上會在比司吉麵包淋上太多肉汁。

上次去德梅因逛街買東西時，她買了一瓶新香水，叫做風之頌，她現在就擦了一點。要穿什麼？若是她打扮得太過頭似乎不合適，畢竟他還穿著工作時的衣服。結果她選了長袖白上衣，將袖子捲至還不到露出手肘的高度，配上乾淨的牛仔褲和涼鞋。她戴上一對理查說讓她看起來像蕩婦的環形金耳環，還有金手鏈，將頭髮往後挽，夾起來垂在背部。感覺很適合。

她走進廚房的時候他正坐在那裡，腳邊放著背包和保冷箱，穿著乾淨的卡其色上衣和橘色吊帶固定，桌上放著三臺相機，五顆鏡頭還有一包新的駱駝牌香菸。相機上都有Nikon的標誌，黑色的鏡頭上也有，兩個短的、兩個中等長度，還有一個比較長。這些設備上都有磨損，有些地方撞出了刻痕，不過他處理的動作很謹慎，看來卻又隨意，逐個擦拭、刷淨、吹氣除塵。

他抬頭看著她，又是一臉嚴肅，還有些害羞。

「我的保冷箱裡有啤酒，要喝嗎？」

「好啊，啤酒很好。」

他拿出兩瓶百威啤酒。打開保冷箱蓋子時，她可以看見好幾個透明塑膠盒，裡頭放著像圓木堆積的底片，除了他拿出的兩瓶啤酒之外，保冷箱中還有四瓶。

法蘭切絲卡拉開抽屜找開瓶器，不過他說：「讓我來。」他從腰帶的盒子裡拿出瑞士刀，拔出刀上的開瓶器，動作十分熟練。

他拿了一瓶給她，舉起自己那瓶，像在敬酒一般。「敬黃昏時分的廊橋，更甚，在滿天紅霞的溫暖早晨裡。」他咧嘴一笑。

法蘭切絲卡沒有說話，只是微微笑著，也稍稍舉起酒瓶，動作有些遲疑、有些尷尬。奇怪的陌生人、鮮花、香水、啤酒，還有夏末時炎熱週一的敬酒。再多一點她恐怕就無法面對。

「很久以前，某人在八月某天下午覺得口渴，有個人仔細研究他們口渴的原因之後，東拼西湊做出了某種東西，發明了啤酒。那就是啤酒的起源，問題解決。」他正在清理一臺相機，幾乎像是在對它說話，一邊用珠寶工匠用的精細螺絲起子鎖緊相機頂部的一顆螺絲。

「我出去菜園一下，很快回來。」

他抬頭問。「需要幫忙嗎？」

她搖搖頭，走路時經過他身邊，感覺他的眼神落在自己臀部，疑惑著他是不是一直注視著她走出門廊外。大概是有。

她猜對了。他一直看著她，搖了搖頭又看過去，看著她的身體，想起他知道她有多聰明，思索著他在她身上感覺到的其他特質。他深受她的吸引，同時也努力抗拒。

菜園裡已經籠罩著陰影，法蘭切絲卡拿著一個白色搪瓷盆在裡面走動，盆子上已經出現裂痕。她採下紅蘿蔔和巴西里，還有一些歐洲防風草根、洋蔥和蕪菁。

她走進廚房時，羅伯特．金凱正把東西裝回背包，她注意到一切都收納整齊、有條不紊，每樣東西顯然都有其位置、一定會放在自己的地方。他已經喝完他的啤酒，又多開了兩瓶，只是她自己那瓶都還沒喝完。她仰頭將第一瓶啤酒喝乾，把空瓶遞給他。

「可以讓我幫忙嗎？」他問。

「你可以把門廊上的西瓜拿進來，外面的桶子裡還有幾顆馬鈴薯。」

他的動作如此輕鬆自然，她見他很快就走到外面的門廊，回來時把西瓜夾在手臂下，還拿著四顆馬鈴薯，讓她佩服不已。「夠了嗎？」

她點點頭，心想著他怎麼如此神不知鬼不覺。他把東西放在水槽旁邊的流理檯上，她正在水槽裡清洗菜園裡採摘來的蔬菜，他回到自己的椅子，坐下時點了根香菸。

「你會在這裡待多久？」她問，低頭看著自己正在處理的蔬菜。

「還不確定，這次我打算慢慢來，而且廊橋照片的交稿時限還有三個禮拜，我想要看得花多久時間拍到適合的照片。大概一個禮拜左右。」

「你會住在哪裡？鎮上嗎？」

「對，有倉庫的小地方，有點像汽車旅館之類的。我今天早上才登記入住，連裝備都還沒從車上卸下來。」

「也只有那裡可以住了，還有卡爾森太太家，她會接待住客。不過這裡的餐廳不怎麼樣，尤其是你這樣的飲食習慣。」

「我知道，老問題了，不過我已經學會隨機應變，這個季節還沒那麼糟，我可以在商店裡或路邊攤販買到新鮮蔬菜，加上麵包和其他幾樣東西，差不多就可以了。但是能像這樣受邀到人家裡吃飯還是很好，非常感謝。」

她伸手到流理檯旁邊打開一臺小收音機，收音機上只有兩個轉盤，喇叭上覆蓋著卡其色布料。「我有大把光陰，天氣也合我心意……」一個聲音這樣唱著，背景伴隨著吉他撥奏，她把音量調低。

「我滿會切菜的。」他主動說。

「好，砧板在這裡，底下那個抽屜裡有把刀。我要煮燉菜，那就把蔬菜切成塊吧。」

他站在離她約六十公分遠的地方，低頭把紅蘿蔔、蕪菁、防風草根和洋蔥都切成塊。法蘭切絲卡在水槽裡削馬鈴薯皮，注意到自己和一個陌生男人如此靠近，她從來沒有想過削馬鈴薯皮也可以連結到什麼歪念頭。

「你會彈吉他？我看到你的卡車裡有吉他箱子。」

「一點點，只是陪我打發時間，沒有其他意義。我太太很早就開始唱民謠，那時這種音樂都還不流行，是她讓我接觸到這個的。」

聽到太太兩個字，法蘭切絲卡的身子稍稍僵住。她也不知道怎麼回事。他當然可以結婚，但那似乎就是不太適合他。她不想要他結婚。

「她受不了我得出門好幾個月做長期拍攝的工作，我不怪她。她九年前離開，走了一年就和我離婚。我們沒有小孩，所以不複雜。她帶走一把吉他，把便宜貨留給我。」

「你們還有聯絡嗎？」

「完全沒有。」

他就說了這麼多，法蘭切絲卡也沒再追問，不過她私心感覺好多了，接著又開始想著自己為什麼要在乎他已婚或未婚。

「我去過義大利，兩次，」他說，「妳原本的家鄉在哪裡？」

「那不勒斯。」

「沒有去過，我一次是去北部，沿著波河拍攝。然後還有一次是在西西里拍攝專題。」

法蘭切絲卡削著馬鈴薯，想著義大利想了一會兒，意識到羅伯特．金凱正在她身邊。

雲層從西邊飄了過來，將陽光分離成好幾道光線，往幾個不同方向灑落。他從水槽上方的窗戶看著外面說：「上帝之光，月曆公司最愛了，宗教雜誌也是。」

「你的工作聽起來很有趣。」法蘭切絲卡說，覺得自己有必要維持平凡無奇的對話。

「確實是，我很喜歡，我喜歡開車上路，喜歡製造相片。」

她注意到他說「製造」相片，「製造相片，不是拍攝嗎？」

「沒錯，至少我是這麼認為的。星期天拿著相機到處拍照的業餘愛好者和以此維生的專業攝影師，差別就在這裡。等我拍完了今天我們看到的那座橋，成品會和妳想像的不太一樣。我會選擇不同的鏡頭、相機角度或者整體構圖，製造出我自己的照片，最有可能是結合以上所有方法。

「我不會拍攝事物原本的樣子，而是試著轉變成能夠反映出我個人認知、精神的作品，我想要找出影像中的詩句。雜誌有自己的風格和要求，我也不是每次都同意編輯的品味——老實說，大多數時候我都不認同，而他們很困擾，就算是由他們決定什麼可以放在雜誌裡、什麼要刪掉。我猜他們知道自己的讀者喜歡什麼，但是我希望他們偶爾可以多冒幾次險，我會這樣對他們說，然後他們就會很困擾。

「用某種藝術形式來討生活就會有這種問題，你總是要面對市場，而市場的設計——主要是大眾市場——就是要符合一般人的品味，數字呈現的就是這樣，現實如此吧，我猜。不過我也說了，這樣會出現滿多限制。他們讓我留下沒有使用的照片，所以至少我可以用我喜歡的東西建立私人檔案。

「然後，偶爾會有其他雜誌社使用一、兩張，或者我可以寫篇文章描述我去過的地方，展示出一些比《國家地理雜誌》的偏好更大膽的作品。

「總有一天我要寫一篇文章叫做〈業餘身分的價值〉，寫給那些希望能以藝術討生活的人。比起其他因素，市場最能夠扼殺掉一個人對藝術的熱忱。外面的世界講究的是安全，對多數人來說是如此。他們想要安全。雜誌和製造商提供給他們安全、同質性、熟悉感和舒適感，而不會給予挑戰。

「利潤、訂閱和其他那些東西主宰了藝術，我們都受到鞭笞，要迎合均一性的巨輪。

「市場行銷的人老是在談論所謂的『消費者』，我總會想像那是一個矮矮胖胖的傢伙，穿著寬鬆的百慕達短褲、夏威夷衫，戴著草帽，帽子上還掛著啤酒開瓶器，手裡抓著一把鈔票。」

法蘭切絲卡輕輕笑著，思考著所謂安全和舒適。

「但是我也不會抱怨太多，我說了，旅行很好，我喜歡玩相機、喜歡戶外，現實不完全和那首歌一開始唱的一樣，但那首歌還不賴。」

法蘭切絲卡以為，對羅伯特・金凱而言這是日常談話。可是對她來說，這段話有如文學。麥迪遜郡的人不會這樣說話，不會談論這些事情。這裡的人會聊天氣、農產品價格、新生兒、葬禮、政府計畫和運動隊伍，不會談論藝術和夢想，不會談論讓音樂噤聲、將夢想裝進盒的現實。

他切好了蔬菜。「還有什麼是我可以做的？」

她搖搖頭。「不用，準備得差不多了。」

他又坐在桌前抽菸，不時喝口啤酒。她繼續做菜，在每個步驟之間小口喝著啤酒，即使只有這麼一點點，她還是可以感覺到酒精發揮作用。在跨年夜，她和理查會在退伍軍人協會中心喝點酒，除此之外她不太喝，家裡也很少有酒。她只買過一瓶白蘭地，那是她某次一時心動，希望在兩人的鄉間生活中製造一點浪漫才買的。那瓶酒還沒開。

植物油、一杯半的蔬菜，炒到稍微焦黃後加入麵粉攪拌均勻，然後加進一品脫水，再加入剩下的蔬菜和調味料，慢火燉煮約四十分鐘。

菜肴已在烹調，法蘭切絲卡又在他對面坐下，廚房裡突然冒出了些微親密感，似乎是從做菜中產生的。為一個陌生人準備晚餐，讓他切防風草根，然後站在妳身邊。這樣的距離抹除了一些陌生感，而既然陌生感消失了，親密感便趁虛而入。

他把香菸推向她，打火機就在包裝盒上，她搖出一根菸，擺弄著打火機，覺得自己笨手笨腳，就是點不著。他微微笑著，小心地從她手上接過打火機，切了兩下火石芯才點著。他拿著打火機，她點燃香菸。她在男人身邊時通常覺得自己的動作比他們更優雅，但是在羅伯特·金凱身邊卻不然。

白熾的陽光轉成了巨大的紅輪，低懸在玉米田上方。從廚房窗外看出去，她可以看見一隻老鷹乘著向晚時分的上升氣流翱翔。收音機傳出七點鐘新聞以及市場概況，法蘭切絲卡看向黃色美耐板桌面另一頭的羅伯特·金凱，他走過漫漫長路，終於來到她的廚房。這是一段迢迢數里的遠征。

「已經可以聞到香味了，」他指著爐子說，「聞起來……很平靜。」他看著她。

「平靜？有什麼東西聞起來是平靜的嗎？」她想著這個詞自問。他說的沒錯。在她為家人煮過豬排、牛排和烤肉之後，做這道菜確實很平靜，食物鏈上完全不牽涉到暴力——或許拔起蔬菜那瞬間除外。燉菜煮起來很平靜，味道也很平靜，在廚房這裡很平靜。

「如果妳不介意，跟我說說妳在義大利的生活吧。」他坐在椅子上的身體舒展開，右腳踝跨在左腳踝上。

她不想在他身邊沉默，於是開始說話，告訴他自己成長的歲月、私校、修女、她的父母（母親是家庭主婦、父親是銀行經理），描述自己少女時期會站在海邊的防波堤上，看著來自世界各地的船隻，講述後來出現的美國士兵，說她和幾個女孩常常去喝咖啡的咖啡館，而她就是在那裡認識了理查。戰爭打亂了生活的步調，他們根本也不知道兩人還會不會結婚。

她對尼可羅隻字不提。

他不發一語聽著，偶爾點點頭表示理解，等到她終於停下，他說：「妳說你們有小孩，是嗎？」

「對，麥可十七歲，凱洛琳十六歲，他們都在溫特塞特上學，兩人都是四健會成員，所以才會去伊利諾州農牧博覽會，展示凱洛琳養的公牛。

「我永遠適應不了、也理解不了這件事。他們在動物身上投注這麼多愛、這麼盡心照顧，卻又將牠們賣給了屠宰場。但是我什麼也不敢說，理查和他朋友馬上就會朝我發火，做這一行總有某種冰冷無情的矛盾處境。」

提到理查的名字讓她有些罪惡感。她什麼都沒有做，根本沒什麼，但是她能感覺到，一種因未來模糊的可能性而生的罪惡感。她思索著，不知道在天色漸晚後自己該怎麼辦，她又會不會招惹上什麼自己無法處理的麻煩。或許羅伯特·金凱會就這樣離開，他似乎相當安靜，人很好，甚至有點害羞。

他們聊著天的時候，天色漸漸轉藍，薄霧輕拂上茂盛的草地。法蘭切絲卡靜靜煮著燉菜時，他又為兩人開了兩瓶啤酒。她站起來把餃子放進滾水，轉過身來背靠水槽，感覺到從華盛頓州貝靈漢來的羅伯特·金凱身上傳來溫暖，希望他不會太早離開。

他吃了兩碗燉菜，用餐時很安靜、守禮，也讚美了兩次燉菜有多好吃。西瓜很完美、啤酒冰涼、夜色已藍。法蘭切絲卡·強森四十五歲了，收音機裡傳來愛荷華州仙納度KMA電臺的節目，歌手漢克·斯諾正唱著和火車有關的歌。

古老的夜晚，遙遠的音樂

現在呢？吃完晚餐後，法蘭切絲卡坐在那兒想。

他有辦法。「要不要去外面的草地走走？現在比較涼爽了。」她一說好，他便伸手進背包裡拿出一臺相機，背帶掛在自己肩膀上。

金凱推開後門廊的門等著她先走出去，跟在她身後離開，再輕輕關上門。他們沿著裂損的步道往前走，穿過滿地碎石的農場，走到停放機具的棚屋東邊草地上。棚屋散發出溫熱機油的味道。

他們走到圍籬前，她一手拉下鐵絲網跨了過去，感覺到腳上那雙涼鞋的繫帶沾到了露水。他也照做，腳步輕鬆一晃，靴子就跨過了鐵絲網。

「妳說這裡是草地或牧場？」他問。

「牧場吧，我猜。有牛隻在，草就長不高，小心牠們的糞便。」東方的天空緩緩升起接近盈滿的月亮，才剛落下地平線的太陽光將月亮染成了天藍色，一輛汽車從底下的道路呼嘯而過，消音器發出轟隆聲響。是克拉克家的兒子，他是溫特塞特高中足球隊的四分衛，正和茱蒂．雷弗瑞森交往。

她已經很久沒有像這樣出來散步了。晚餐總是在五點結束，理查接下來就是看電視新聞，然後是晚間節目。有時小孩做完作業也會看。法蘭切絲卡通常是在廚房裡看書，她從溫特塞特圖書館借的，或者是她參加的讀書俱樂部，有歷史書籍、詩集和小說。又或者天氣好的時候她就會在前廊上坐坐。她覺得看電視很無聊。

有時理查會喊她。「法蘭，妳一定要看看這個！」她就會進屋去和他一起坐一下，只要貓王出現在電視上，她就一定會聽見這樣的呼喚，還有披頭四第一次出現在《艾德蘇利文秀》節目上。理查會看著他們的髮型，一直搖著頭，一臉不敢置信、不甚認同的模樣。

在一方天空中會短暫出現一長條的紅霞，「我稱之為『反射』，」羅伯特・金凱往上指，「大多數人都太早挪開相機，在太陽落下後，通常會有一段時間，天空會出現很棒的光線和色澤，只有幾分鐘而已，這時太陽會在地平線之下，卻把光線反射到天空中。」

法蘭切絲卡沒有說話，只是反覆想著這個男人，他似乎覺得區分牧場和草地的差別是很重要的事，天空的顏色會讓他激動不已。他會寫一點詩，但不太寫小說；他會彈吉他，以拍攝影像維生，把吃飯的工具放在背包裡隨身攜帶，他似乎喜歡風，動作也如風一般。或許是他乘風而生。

他把手插在牛仔褲口袋裡抬頭看，掛在身上的相機靠在左邊臀部上。「月亮的銀蘋果／太陽的金蘋果。」他用自己中等音域的男中音念出幾句詩，感覺就像專業的演員。

她偏過頭去看著他。「W·B·葉慈，〈流浪安格斯之歌〉（The Song of Wandering Aengus）。」

「對，寫得很好，葉慈。現實主義、經濟、感官享受、美麗、魔法。呼應到我的愛爾蘭血統。」

就這樣五個詞彙，他已道出一切。法蘭切絲卡一直想盡辦法要向溫特塞特的學生解釋葉慈的作品，但從來就沒幾個人聽懂。她會選擇葉慈的作品，一部分是因為金凱剛剛提到的，那些特質應該能夠吸引到青少年，他們的賀爾蒙勃勃蓬發，就像高中行進樂隊在足球球賽中場時間的表演那般激昂，但是他們老早就對詩產生偏見，認為那是陽剛心性未定的產品，這樣強大的偏見就連葉慈都無法克服。

她還記得自己在班上朗讀到「太陽的金蘋果」時，馬修·克拉克看著隔壁的男孩，雙手做出像要包覆著女性胸部的手勢。他們竊笑著，和他們一起坐在後排的女孩子則臉紅起來。

他們這一輩子都會以那樣的態度面對人生，知道這點讓她沮喪不已。她覺得自己必須妥協，即使這個地方的人們總是大方展現出友善，她還是感到孤單。這裡不歡迎詩人，麥迪遜郡的人似乎因心中認定他們就是不懂文化，想有所補償，於是喜歡說「這裡是個養育孩子的好地方。」她總是很想回答。「那麼也是養育大人的好地方嗎？」

兩人沒有明確目的地，只是慢慢在牧場上走了幾百公尺遠，繞個圈又朝著房子往回走。他們跨過圍籬時天色已經暗下。這一次他幫她壓下了鐵絲網。

她想起那瓶白蘭地。「我家有白蘭地，或者你想喝咖啡？」

「有可能兩個都喝嗎？」他在黑暗中說出那些話，不過她知道他在微笑。

這時他們已經走到庭院裡，燈光在草地和碎石地上照出一圈光。她回答：「當然。」聽到自己的聲音中帶著某種暗示，她不禁擔憂。那是坐在那不勒斯的咖啡館中才會發出的輕快笑聲。

她很難找出兩個沒裂痕的杯子，雖然她知道缺了一小角的杯子就是他生活的一部分。但這一次，她想要找到完美無缺的杯子。櫥櫃後方有兩只喝白蘭地用的玻璃杯倒扣，從來沒有使用過，就像那瓶白蘭地一樣，她得將腳尖踮到極限才能拿到。她清楚感覺到溼漉漉的涼鞋，還有牛仔褲緊緊包覆著自己的臀部。

他坐在自己之前坐的那張椅子上看著她，老樣子，他又陷入了自己的老樣子，思索著不知道她的頭髮摸起來是什麼感覺、他的手能夠如何嵌入她的背部曲線。若她躺在他身下，會是什麼樣。

老樣子正反抗著一切學習而來的道德禮節，對抗幾百年來的文化不斷灌輸給他的特質。那是文明人必須嚴守的規矩。他努力想著其他事，像是攝影、道路或者廊橋，只要不是想著她剛剛的模樣都好。

但是他失敗了，又開始思索不知道她的肌膚摸起來是什麼感覺、自己的腹部貼著她的又會是什麼感覺。這些問題永遠都在，一直沒有變。該死的老樣子，拚了命想浮出水面，他將之壓回去、推下去，點了一根駱駝牌香菸，深深吸吐。

她可以感覺到他一直看著自己，不過他的眼神很謹慎，絕不明目張膽、不帶侵擾之意。她曉得他知道那兩個玻璃杯中從未盛裝過白蘭地，而以他愛爾蘭人對悲劇的敏感度，她也知道他對這樣的空虛有所感受。並非憐憫，那不是他在乎的。或許是悲傷。她幾乎可以聽見他在心裡組織起文字：

未開封的酒瓶、空玻璃杯，她伸手入內
尋找，就在愛荷華密德河北方的某個地方。

我看著她，這雙眼睛見過亞馬遜的
希瓦羅人，還有絲路上揚塵的馬隊
追趕在我身後，望向亞洲天空中
無人開封過的空間。

法蘭切絲卡撕掉白蘭地酒瓶頂端的愛荷華州酒瓶封緘，看著自己的指甲，希望它們能長長一些、自己能多保養些。在農場上生活讓她留不長指甲，只是在今天之前，她並沒在意過。

桌上擺著白蘭地、兩個杯子。她在準備咖啡時，他打開酒瓶在杯子裡各倒了合適的量。羅伯特．金凱之前也遇過晚餐後喝杯白蘭地的狀況。

她很想知道他曾經在多少間廚房、多少間高級餐廳、多少間燈光昏暗的客廳裡練習過那樣的小動作。他看過多少雙留著長指甲的細緻雙手，捧著白蘭地杯子指向他。多少雙藍色圓眼、棕色杏眼，在外國陌生的夜色中看著他？同時還有下了錨的帆船在岸邊不遠處輕晃？海水在古老的碼頭港邊拍打？

廚房天花板的燈光很明亮，不適合喝咖啡和白蘭地，理查．強森的太太法蘭切絲卡會讓燈亮著，但是晚餐後會到草地上散步，一一回想起少女時代夢想的法蘭切絲卡就會關掉燈。她可以點蠟燭，但是那樣太超過，他可能會會錯意。於是她打開廚房水槽上方的小燈，關掉天花板的——還是不甚完美，但是比較好了。

他將酒杯舉到肩膀的高度，朝她致敬，「敬古老的夜晚和遙遠的音樂。」不知為何，這句話讓她急喘了口氣，不過她舉起酒杯和他的一碰。雖然她也想說「敬古老的夜晚和遙遠的音樂」，卻只是微微笑著。

兩人都在抽菸，不發一語，只是喝著白蘭地、喝著咖啡，田地傳來雉雞的啼叫，叫做傑克的柯利牧羊犬也在庭院裡吠了兩聲。蚊子嘗試從桌旁的紗窗闖進來，還有一隻蛾，即使來回迂迴試探，仍然相信直覺的可能，來招惹水槽上方的燈光。

還是很熱，沒有涼風，現在空氣中還更加潮溼。

羅伯特．金凱冒了些汗。他上衣有兩顆釦子沒扣。他沒有直接看著她，而是似乎看著窗外，不過她還是能感覺到他用眼角餘光找到自己。從他轉身的姿態，她可以從他上衣未扣釦子的開口看見上半胸膛，溼氣在他肌膚上凝結出小水珠。

法蘭切絲卡品嘗著好心情、懷舊感、詩詞和音樂帶來的感受，不過他還是該走了，她這麼想著。冰箱上的時鐘指著九點五十二分，收音機傳出法倫．楊的歌聲，唱著幾年前的舊歌，〈聖則濟利亞神殿〉，這是公元三世紀殉道的羅馬聖人，法蘭切絲卡還記得這個。她是音樂家與盲人的主保聖人。

他的酒杯空了，正轉過身體不再盯著窗外看，法蘭切絲卡抓著白蘭地的瓶頸朝著空酒杯示意，他搖搖頭。「要拍日出時的羅斯曼橋，我得走了。」

她鬆了一口氣，心裡卻又因失望往下沉，她在心中不斷翻來覆去：對，請離開吧、不，再喝一杯白蘭地。留下、離開，法倫．楊根本不管她的感受，水槽上方那隻蛾也不管，她根本不知道羅伯特．金凱是怎麼想的。

他站起來把一個背包甩到左肩上，另一個背包則堆在保冷箱上。她走到桌子這一邊，他朝她伸出手與她的交握，「今天晚上謝謝妳，晚餐和散步都很棒，妳人很好，法蘭切絲卡，把白蘭地收進櫥櫃的時候擺前面一點，或許過一陣子就會解決了。」

他知道了，正如她所想。但是她聽見他這麼說並不生氣，他說的是浪漫，而且是盡可能認真地告訴她，從他話語中的柔軟，從他說出這些話的樣子就能感覺到。她不知道的是他想要對著廚房牆壁大吼，把他的話狠狠敲進灰泥牆上。「老天爺啊，理查．強森，我以為你一定是個大笨蛋，你還真的就這麼笨了嗎？」

她送他出門走到他的卡車旁，在旁邊站了一會兒，看他把裝備放進車裡。柯利犬從庭院另一頭跑了過來，在卡車附近聞來聞去，「傑克，過來。」她突然用氣音叫著，小狗就喘著氣過來坐在她腳邊。

「再見，保重。」他說，在卡車門邊停留了一下，直直看著她，然後一個動作坐到了方向盤後，順手把門關上。他轉動卡車的老舊引擎、踩下油門，卡車便轟隆隆啟動。他從車窗探頭出來，咧嘴笑著。「我想車子需要進廠維修一下了。」

他握住排檔桿，倒退後再換檔，然後在燈光下開出庭院。就在他開到黑暗中的小路之前，從車窗伸出左手向她揮揮手。即使知道他看不見，她也揮手。

卡車沿著小路往前開時，她小跑步過去站在陰影中，看著卡車上的紅燈隨著路面顛簸而上下晃動。羅伯特・金凱開到大路上，左轉前往溫特塞特，這時夏日天空中劃過一道熱閃電，傑克夾著尾巴逃回後門廊上。

他離開之後，法蘭切絲卡赤裸著身體站在梳妝鏡前。雖然生過孩子，但她的臀部也只寬了一些，胸部仍然豐滿堅挺，不會太大也不會太小，而腹部有一點圓潤。她在鏡子裡看不見自己的腿，但是她知道腿還是很漂亮。她應該更常除毛，不過之前似乎沒什麼必要。

理查偶爾才會有興致做愛，大概幾個月一次，但是總很快結束，而且過程很隨便無趣，他似乎也不太在乎要不要用香水、除毛那類的，很容易就變成草草了事。

說起來，她對理查而言還更像是生意夥伴。有時她很慶幸如此，但心裡還是會掙扎。有另一個人想要好好洗個澡、噴上香水……讓人占有、意亂情迷，以她能夠感受到的力道將她層層剝開，但是她從來沒有說出來，就連在心裡也只是隱約有這種想法。

她又穿上了衣服坐在廚房桌前，在半張空白的紙上寫東西。傑克跟著她走到外面的福特皮卡車，她打開車門，傑克便跳了進去，坐到副駕駛座上，她把車倒退開出車棚時，小狗把頭伸出了車窗外，接著回頭看看她，然後在她開到小路上時又探頭出去。車子一個右轉，就開上了郡道。

羅斯曼橋很暗，不過傑克還是大步跑在前頭，四處張望，而她則帶著手電筒走出卡車。她把紙條貼在廊橋入口的左側，便回了家。

星期二的橋

離日出還有一小時，羅伯特・金凱開車經過理查・強森的郵箱，一邊咬著一條星河巧克力，一邊又咬幾口蘋果，把咖啡杯放在座位上，夾在大腿間，免得翻倒。他經過時，抬頭看著那棟白色房屋佇立在即將落下的微弱月光中，搖搖頭感嘆著男人的愚蠢。有些男人，或說大多數男人皆是如此，他們至少可以喝那瓶白蘭地，出門時不要讓紗門大力撞在門框上。

法蘭切絲卡聽見那輛引擎聲怪怪的皮卡車開了過去。她躺在床上，這是她有記憶以來第一次裸睡。她可以想像金凱的樣子，從卡車車窗竄進的風吹起他的頭髮，一手放在方向盤，另一手夾著駱駝牌香菸。

她聽著車輪聲漸漸往羅斯曼橋的方向消失，然後她腦海裡開始浮現葉慈的詩句。「外出進入榛樹林，我腦中的火花四溢……」她朗誦的聲音聽起來既像是教師，也像是祈禱的人。

他把卡車停在離廊橋還有大段距離的地方，才不會干擾他的構圖。他從座位後的小空間拿出一雙高度及膝的橡膠靴，坐在側邊踏板上解開鞋帶，脫掉原本的休閒靴換上這雙。他兩邊肩膀上各揹著一個背包，左邊還掛著以皮帶綁好的三腳架，右手提著另一個背包，就這樣一步步走下陡峭的斜坡到溪流旁邊。

祕訣就在於將橋梁放在具有構圖張力的角度，同時納入一些溪流，然後忽略掉入口附近牆面上的塗鴉。背景的電話線路也會是個問題，不過只要謹慎構圖就能解決。

他拿出裝好柯達克羅姆彩色底片的 Nikon 相機，放到沉重的三腳架鎖好螺絲固定，相機上裝著二十四釐米的鏡頭，他換上自己偏好的一〇五釐米鏡頭。現在東邊投來灰色光線，他開始實驗自己的構圖。將三腳架往左移了大約六十公分，重新把腳架固定在溪流旁的泥濘地上。他一直把相機背帶纏在自己左腕上，這是他在水邊工作時一定會遵守的習慣。他看過太多三腳架翻倒時相機摔進水裡的慘劇。

天空慢慢出現紅色，漸漸明亮，他將相機調低約十五公分，調整三腳架。還是不對，再往左三十公分，再次調整腳架，讓三腳架上的相機保持水平，鏡頭設定為f／8光圈，估算好景深，利用超焦距技術將景深放到最大，把控制線鎖到快門鈕上。地平線上已經露出百分之四十的太陽，廊橋上的老舊油漆變成溫暖的紅色，正合心意。

他從左邊胸前口袋拿出測光計，確定光圈是f／8、一秒曝光，即使設定很極端，不過柯達克羅姆的表現會很好。他從取景器看出去，仔細調整了相機的水平程度，按下快門線上的鈕，等待一秒鐘結束。

他按下快門時注意到某個東西，又從取景器看出去，「廊橋入口那邊是什麼玩意兒在飄來飄去？」他咕噥道，「一張紙？昨天沒這東西。」

他固定好三腳架跑上岸，知道身後的太陽馬上就要升起。那張紙仔細釘在橋上，他扯下來，把釘子和紙都放進背心口袋，回到底下的岸邊站到相機後，太陽已經升起百分之六十。

這番衝刺讓他大口喘了起來。拍攝再次進行，他重複了兩次當作副本。沒有風、青草沒有擺動。保險起見，他以兩秒曝光拍了三張、一秒半曝光也拍了三張。

他轉動鏡頭設定成f／16光圈，重複整個過程。

他扛著三腳架和相機走到溪流中央，準備好一切，慢慢往後退，在淤泥裡留下腳印，再一次重複整個拍攝程序，換一捲新的柯達克羅姆、換鏡頭，鎖上了二十四釐米鏡頭，將一〇五釐米鏡頭塞進口袋裡。他靠得離橋近一點，逆流而上，調整位置、確保水平、確認光線、拍攝三張，然後以包圍曝光拍攝，以防萬一。

他將相機改成直立放置，重新構圖，再次拍攝，重複同樣的程序，一切有條不紊。他的動作完全不顯笨拙，一切都很熟練、所有動作都有其理由、準備好應付各種突發狀況，有效率又專業。

走上岸、穿過廊橋，扛著設備奔跑跟太陽競賽——困難的部分來了。他拿出第二臺相機裝上速度較快的底片，將兩臺相機都掛在脖子，爬到廊橋後面的樹上，樹皮刮破了他的手臂，「該死！」但他還是繼續爬。現在他攀在高高的樹上，俯瞰著廊橋的角度正好捕捉到溪水反射出陽光的樣子。

他運用點測光以隔離出廊橋頂蓋，接著是橋上的陰影面。他確認了水面上的讀數，設定好相機以配合，拍了九張，包圍曝光，然後脫下背心塞在樹杈中，再把相機放好，接著換一臺、更快的底片，再多拍十幾張。

他爬下樹，走下溪流岸邊，固定好三腳架，重新裝上柯達克羅姆底片，拍攝的構圖類似一開始拍的那幾張，只是從溪流的另一邊拍攝。他從背包裡拿出第三臺相機，是老式的SP連動測距相機。現在要拍黑白照片了。

橋上的光線每秒都在變動。

這二十分鐘的緊迫盯人只有軍人、外科醫生和攝影師能夠理解這種感受，羅伯特·金凱將背包甩進卡車，沿他先前來的路開回去，距離小鎮西北方的豬背橋只有十五分鐘車程，如果快一點，或許還能去那裡拍幾張照片。

塵土飛揚、點燃了駱駝牌香菸，卡車顛簸著經過了面朝北方的白色房屋，經過了理查·強森的郵箱：沒有她的身影。你想怎樣？她結婚了，過得不錯，你也過得不錯，有必要把事情搞複雜嗎？美好的夜晚、美好的晚餐、美好的女人，這樣就夠了。可是天啊，她好可愛，而且有某種吸引力、某種特質，實在很難不去看她。

他開車經過時，法蘭切絲卡正在穀倉裡忙活。家畜發出的噪音掩蓋住了從道路方向傳來的聲響，而羅伯特·金凱則前往豬背橋，和時間賽跑，追逐著光。

在第二座橋的工作進行順利。廊橋位於山谷中，他抵達時周邊還有霧氣繚繞，三百釐米的鏡頭讓他能在構圖的左上角納入大大的太陽，剩餘的畫面則能將通往橋梁的蜿蜒白石子路與橋梁本身都拍進去。

接著他的取景器中出現了一位農夫，他趕著一群淺棕色的比利時馬，拉著馬車行駛在白色道路上。金凱笑得露出牙齒，想著，這人也是那群老派男子之一。但凡出現絕佳照片，他一定知道。工作時已能想像最後沖洗出來的成果會是什麼樣，拍攝直式照片時他留下了一些明亮的天空，可以放置標題。

八點三十五分他收起三腳架，感覺很好，這天早上的工作有幾張值得留下的作品，帶著田園而保守的風格，畫面卻是美好而踏實。拍到農夫和馬車的那張甚至有機會上封面，所以他才在構圖上方留了空間，有位置放文字和標誌，編輯喜歡這樣體貼的拍攝技巧，所以羅伯特·金凱才能接到委託案。

他幾乎把七捲底片都拍完，清出三臺相機裡的底片後又伸手到背心左下的口袋要拿另外四捲。「該死！」圖釘刺到他的食指，他忘記自己把在羅斯曼橋拿下的那張紙塞進了口袋（其實他根本忘了那張紙）。他把紙撈出來，打開一讀。「如果『白蛾振翅飛起』你還想再吃晚餐，今晚等你工作結束後過來，什麼時間都可以。」

他忍不住微微笑，想像法蘭切絲卡·強森帶著紙條和圖釘在黑暗中開車前往廊橋。五分鐘後金凱回到鎮上，等著德士古加油站的人加滿油箱，並確認油量（「加了半夸脫」）時使用加油站的公共電話。薄薄的電話簿上滿是髒汙，是因為加油站的人經常翻動的緣故，裡面登記了兩個「理查·強森」，不過其中一人的住址是在鎮上。

他撥打了住鄉間的那個號碼，靜靜等待。法蘭切絲卡正在後門廊餵狗時就聽見廚房的電話響起，她在第二聲鈴聲響起前接了。「這裡是強森家。」

「喂，我是羅伯特·金凱。」

她的心就像昨天那樣又跳躍起來，胸膛裡好像有什麼東西暗暗戳刺，沉進胃裡。

「收到妳的紙條了，讓葉慈來當信使什麼的……我接受妳的邀請，不過可能會很晚到，天氣很不錯，所以晚上我想去拍——我想想，那裡叫什麼？雪松橋……等我拍完可能超過九點了，然後我想要先整理乾淨，所以大概要等到九點半、十點才會到，可以嗎？」

不行，不可以，她不想要等那麼久。但是她只說：「喔，當然，做完你的工作吧，那才重要。我會準備好加熱的菜等你過來。」

然後他又說：「如果妳想要過來看我拍攝也沒關係，不會打擾到，我大概五點半可以過去接妳。」

法蘭切絲卡在腦中想了想可能的問題。她想要和他一起去，但萬一有人看到她怎麼辦？要是理查發現了她要怎麼說？

雪松橋的位置要往上游再走大約四十五公尺，與新鋪的道路和水泥橋平行，她應該不會太引人注意……會嗎？不到兩秒鐘她就決定，「好，我想去，但是我會開我的皮卡車到那裡跟你碰面，幾點？」

「大概六點，我們到時見，好嗎？再見。」

這天剩下的時間他都在當地報社的辦公室裡翻閱舊報紙。這座小鎮很漂亮，法院前的廣場風景宜人。午餐時他帶著一小袋水果和麵包坐在陰影下的長椅上，還從對街的咖啡館買了一罐可樂。

他走進咖啡館裡要買一罐可樂外帶時已稍過中午時分，他一出現，裡面吵雜的交談聲就停止了好一會兒，所有人都轉過頭來看他，就像過去在荒野大西部，地方上的槍手出現在酒館裡時那樣。他不喜歡，覺得自己的存在很尷尬，不過小鎮的標準程序就是如此：新面孔！陌生人！他是誰？他在這裡做什麼？

「聽說他是攝影師，今天早上看見他在外面那座豬背橋附近，帶著各種相機。」

「他卡車上的標示說他是從西邊的華盛頓來的。」

「整個早上都在報社的辦公室那邊，吉姆說他在報紙裡找關於廊橋的資料。」

「對喔，德士古的費雪那個年輕人說他昨天就經過那裡，問了去所有廊橋的方向。」

「他想知道那些橋的事情是要幹麼？到底？」

「這世界上怎麼會有人想要拍那些橋的照片？根本都要倒光了，一點也不好看。」

「果然是留長頭髮的，看起來就像那些披頭四……其他那些人都是怎麼叫的？嬉皮是不是？」後方的座位區發出哄然大笑，隔壁桌也跟進。

金凱買了可樂就走，他走出門時那些人還看著他。或許他不應該邀請法蘭切絲卡，這是為了她好，而不是為了自己。如果有人看到她在雪松橋，流言在隔天早餐時間就會傳到咖啡館來，德士古加油站那個年輕人，費雪，會從路人口中聽到消息，然後傳到這裡，可能還更快。

他已經學會了教訓，絕對不要低估小鎮上八卦消息會如電訊傳播那樣飛快，在蘇丹可能有兩百萬個孩子因飢餓而死，這些人聽到後腦中也激不起什麼水花。倘若有人看見理查．強森的太太跟一個長髮陌生人在一起，那可是大新聞！必須四處傳播、需要細思，而聽到這新聞的人心中會產生某種模糊的、肉慾的衝擊感。他們一整年可能就激動這麼一次。

他吃完午餐後走到法院停車場的公共電話亭撥打她的電話號碼，她在第三聲鈴響接起，微微喘著氣，「嗨，又是我，羅伯特・金凱。」

她的胃馬上緊縮了一下，因為她想著他是否不能來了，打電話來是要說這個。

「我就直說了，如果今晚跟我出去會給妳帶來麻煩——畢竟小鎮人們總是很八卦——妳不要覺得有壓力，說真的，我根本不在乎這裡的人對我是怎麼想的，不管怎麼樣，我晚一點還是會過去。我想要說的是，我可能不應該邀請妳，所以請不要覺得妳一定要這麼做還什麼的，只是我很希望有妳一起。」

他們稍早講電話時她就一直在想這件事，不過她已經決定了，「不會，我很想看你工作，我不擔心別人說閒話。」其實她很擔心，但是她心裡有某個聲音已經下定決心，這個聲音想要冒險一試。不管付出什麼代價，她都要去雪松橋。

「太好了，我只是想要確認一下，待會兒見。」

「好。」他很貼心，不過她早就知道。

四點鐘，他先到下榻的汽車旅館，在水槽裡洗衣服，換上乾淨的上衣，又塞了一件到卡車裡，還有一件卡其休閒褲及一雙棕色涼鞋，那是一九六二年他去印度拍攝通往大吉嶺的迷你鐵路專題時買的，然後到酒館買了兩手百威啤酒，保冷箱裡總共就只放得下八罐，他把啤酒塞在底片周圍。

很熱，又是實實在在炎熱的一天，愛荷華州下午的陽光繼續疊加在先前曝晒造成的損害上。水泥、磚頭和土地都吸收了太多熱度，西晒的陽光幾乎讓地上燙出水泡來。

酒館裡很暗，但還算涼爽。前門敞開，天花板上的大風扇和站在門邊的風扇不停轉動，聲音大概有一百零五分貝，但是風扇的噪音、放了太久的啤酒和香菸的味道、刺耳的點唱機，還有吧檯邊那排帶著些許敵意盯著他的臉，莫名地讓室內的溫度似乎更升高了些。

回到外面的路上，陽光幾乎要灼傷人，他想起了在凱達卡點附近，胡安德富卡海峽沿岸的喀斯喀特山脈、冷杉與微風。

不過法蘭切絲卡．強森看起來倒是很清涼。她把福特皮卡車停放在橋梁附近的幾棵樹後面，靠在汽車擋泥板上。她還是穿著那件十分貼身的牛仔褲、涼鞋，還有一件白色棉衫，將她的身材展露無遺。他一邊揮揮手，一邊將車子停在她的卡車旁。

「嗨，見到妳真好，天氣真熱。」他用單純無害的態度談天，敲著邊鼓的那種，又是他熟悉的那種不自在。只要在他有點感覺的女人身邊就會這樣。他一直都不太清楚該說什麼，除非是認真討論事情，即使他也培養出相當成熟的幽默感，只是可能有點詭異，不過他的思考基本上都很嚴肅，也會認真看待事物。他母親老是說他才四歲就像個大人。這點讓他很能發揮專業，不過以他的思考方式，在法蘭切絲卡．強森這樣的女人身邊就不太妙。

「我想要看你拍照，就像你說的，『拍攝』。」

「等等就能看到了，不過妳會發現滿無聊，至少其他人通常是這樣想，如果妳是聽別人練習彈鋼琴，至少還能有參與感，這件事就不一樣，攝影的製作與成果之間會間隔很長一段時間，今天我要做的是『製作』，等到照片出現在某個地方，那才是成果。妳等等會看到的過程只是忙來忙去，不過還是非常歡迎妳。老實說，我很高興妳來了。」

她一直想著最後那句話，他根本不需要這樣，只要說聲「歡迎」就可以了。但是他沒有。他是真的很高興見到她，說得一清二楚，她希望自己出現在這裡的暗示和他接收到的一樣。

「有什麼我可以幫忙的地方嗎？」他穿上橡膠靴時，她這樣問。

「妳可以拿著那個藍色背包，我拿這個卡其色的跟三腳架。」

於是，法蘭切絲卡變成了攝影師助理。而他說錯了，有太多可以看的地方，簡直就像某種表演，只是他並沒有察覺到。她昨天就注意到這件事，也是她受到他吸引的其中一個原因。主要是他移動身體的姿態，她所認識的男人跟他比起來似乎都很笨手笨腳。

他的動作不是很快，其實他根本不疾不徐，身上帶著某種像是羚羊般的特性，不過她看得出來他是柔中帶剛。或許他比較像是花豹，而非羚羊。沒錯，就是花豹。他不是獵物，正好相反。她感覺得到。

「法蘭切絲卡，請把藍色背帶的相機拿給我。」

她打開背包，覺得自己有點太過小心翼翼，他對待這些昂貴的設備倒是相當隨興。她拿出相機，取景器上的鍍鉻牌子寫著「Nikon」，名稱的左上角還有一個F。

他在橋梁的東北方，跪在地上，三腳架也調得很低，伸出左手，眼睛沒有離開取景器。她將相機交給他，看著他在感覺到相機的觸感時便收起手掌、握住鏡頭。他按壓著線路末端的活塞。昨天她看見這條線就掛在他背心口袋裡。快門啟動，先轉動準備好之後，才再次拍攝。

他伸手到三腳架頂蓋下方旋開固定相機的螺絲，然後換上她拿給他的那一臺。鎖上新相機時，他轉頭過去朝她咧嘴笑著。「謝謝，妳真是一流的助手。」她有點臉紅。

天啊，他是怎麼樣？他就好像什麼外星來的生物，受到召喚，乘著彗星的尾巴而來，降落在她家小路的路口。我為什麼不能說一句「不客氣」就好？她想著，我在他身邊好像有點遲鈍，但和他所做的事無關，是我自己，不是他，我只是不習慣和腦子動得像他這麼快的人在一起。

他走進小溪之後又從另一邊上岸，她則帶著藍色背包從橋上走過去，開心地站在他身後，莫名愉快。這裡充滿活力，他工作的姿態中帶著某種力量，他不會只是等著大自然，而是溫柔掌握著主導權，塑造成自己想看見的樣子，讓大自然符合他在腦海中所看到的模樣。

他將自己的意願加諸在場景上，用不同的鏡頭、不同的底片來應對光線變換，偶爾也使用濾鏡。他不只是反擊，而是運用技巧和聰明才智反客為主。農夫也會用化學藥品和推土機來掌控土地，但是羅伯特·金凱改變自然的方式十分靈活。而且一旦他結束工作，一切還會維持原本的樣貌。

她看著他身上的牛仔褲在他跪下時包覆著大腿肌肉縮緊，看著那件褪色的丹寧上衣貼在他背上，灰髮正好碰觸到衣領；看著他往後靠著腰部坐下，調整一件設備。而這麼長久以來第一次，她光只是看著某人腿間就溼了。她感覺到的時候抬頭看著傍晚的天空深呼吸，聽著他悄聲咒罵卡住的濾鏡怎麼沒辦法從鏡頭上旋下來。

他又涉水過溪回到卡車停放的地方，溪水潑濺在橡膠靴上。法蘭切絲卡進入廊橋，等她從另一邊出來，他正蹲下拿著相機對準她。他開始拍攝、按下快門，然後在她從路上朝他走來時又拍了第二次、第三次，她感到自己的笑容有些尷尬。

「別擔心，」他微笑著，「沒有妳的允許，我絕對不會使用這些照片。我這邊結束了，我想我要先去旅館洗個澡再出門。」

「嗯，如果你想要這麼做當然可以，不過我還是能騰出一條毛巾或者淋浴間——或者打水幫浦，什麼的。」她小聲而誠摯地說。

「好，就這麼說定。走吧，我先把設備搬上哈利——就是我的卡車，馬上就到。」

她倒車將理查的新福特皮卡車開出樹林，開上主要幹道、離開廊橋，右轉後前往溫特塞特，然後從這裡切往西南方回家。路上揚起大量塵土，讓她看不清楚他是否跟在後面。不過有一次轉彎時她認為自己看見他的車燈在後方約一點六公里處，坐在被他稱為哈利的卡車裡一路顛著跟來。

一定是他，因為她才剛到家就聽見他的卡車也開進小路。傑克一開始還汪汪叫著，卻馬上安靜下來，像是嗚嗚自言自語。跟昨晚同一個傢伙，我想沒問題吧。金凱還停下腳步和他聊了一下。

法蘭切絲卡從後門廊的門口走出來。

「要洗澡嗎？」

「那太好了，帶路吧。」

她帶他到樓上浴室，那是孩子長大時她堅持要理查建好的。她很少會堅持要求什麼，這是其中之一。她喜歡在晚上泡個長長的熱水澡，她可不想面對不時闖進她私人空間打擾的青少年。理查會用另一間浴室，說她這間裡放了太多女性用的東西，使他覺得不自在，說什麼「太華麗」。

這間浴室只能從他們的臥房進去，她打開浴室的門，從洗臉臺底下的櫃子拿出各種花色的毛巾和洗臉巾，「想用什麼都可以。」她彎起嘴角微笑時稍稍咬著下脣。

「如果可以的話，我可能要借用洗髮精。我的留在旅館了。」

「當然，自己選吧。」她放了三個不同罐子在洗臉臺上，每罐都是打開用過的。

「謝謝。」他把自己乾淨的衣服丟在床上，法蘭切絲卡注意到他準備了卡其褲、白上衣和涼鞋。這裡的男人都不會穿涼鞋。鎮上有幾個男人開始會在高爾夫球場上穿百慕達短褲，但農夫不會。至於涼鞋……從來沒看過。

她下樓去，聽見淋浴的聲音。他現在沒穿衣服，她想著，下腹出現奇妙的感覺。

今天稍早，在他打電話過來之後，她開了六十幾公里的路到德梅因，州政府特許賣酒的店裡，她對此沒有經驗，就問店員哪種紅酒比較好。結果店員知道的也不比她這個什麼都不知道的多。於是她看著一排排架上的酒瓶，最後發現一個標籤上寫著「瓦爾波利切拉」，她記得很久以前看過，口感乾澀不甜的義大利紅酒。於是她買了兩瓶，又買了白蘭地的醒酒瓶，感覺自己的情慾覺醒而貼近世俗。

接下來，她到市區一家店找新的夏日洋裝。她找到一件淺粉紅色的細肩帶，背部挖空了一塊，胸前的開襟也低得誇張，露出胸部上緣，腰間還繫著一條細腰帶，然後搭配一雙新的白色涼鞋。這雙平底鞋價格不斐，繫帶上有精巧的手工裝飾。

她在下午做好了鑲甜椒。在挖空的甜椒中填入番茄醬、糙米、起司和切碎的巴西里，再準備一道簡單的菠菜沙拉、玉米麵包，還有蘋果醬舒芙蕾當甜點，接著把甜點以外的所有菜肴都先冰到冰箱。

她匆匆忙忙將裙子縮短到膝蓋的長度。今年夏天稍早在德梅因的《紀錄報》上刊了一篇文章，說今年流行這種長度，她一直認為流行時尚及其中隱含的一切意義都很奇怪。人們按照歐洲設計師的想法行事，就像溫順的綿羊。但是這個長度很適合她，所以裙襬長度就要到這裡。

紅酒是個問題。這裡的人都會把酒放在冰箱，但是他們在義大利從來不會這麼做，只是要放在廚房流理檯上天氣又太熱，然後她想起了泉水屋，那裡在夏天也大概只有攝氏十五度，於是她把紅酒放在泉水屋的牆邊。

樓上的淋浴聲停止時，電話剛好響起。理查從伊利諾州打來。

「一切都好嗎？」

「都好。」

「凱洛琳的牛會在星期三見到評審，我們隔天還有其他東西想看，星期五很晚才會到家。」

「好，玩得開心點，開車要小心。」

「法蘭，妳真的沒事嗎？聽起來有點怪怪的。」

「沒有，我沒事，只是天氣很熱，我洗完澡就會比較好了。」

「好，幫我跟傑克打個招呼。」

「沒問題。」她看了看攤平躺在後門廊水泥地上的傑克。

羅伯特．金凱下樓走進廚房，他穿著有領的鈕釦襯衫，袖子往上捲到剛好在手肘上方，配上淺卡其色短褲和棕色涼鞋，戴著一條銀手鏈，襯衫最上面的兩顆鈕釦沒扣，露出脖子上的銀色鏈條。他的頭髮還有點溼、梳著整齊的中分髮型，而她對那雙涼鞋很是欣賞。

「我要先把野外拍攝的器材拿到外面的卡車上，然後把一些設備拿進來清理。」

「去吧，我要去洗個澡。」

「要拿瓶啤酒一邊洗嗎？」

「如果你有多一瓶的話就好。」

他先把保冷箱搬進來，拿出一瓶啤酒開了遞給她，她則找出兩個杯身較高的玻璃杯充作啤酒杯。他又回頭出去拿卡車上的相機時，她就拿著自己的啤酒上樓，注意到他已經清理過浴缸，接著幫自己放了一桶滿滿的熱水，把玻璃杯先放在身旁的地板上，一邊除毛、抹肥皂。幾分鐘前他還在這裡，她躺進浴缸，這裡就是熱水淋過他身體的地方。這想法讓她覺得全身慾火無比熱燙。和羅伯特．金凱有關的一切似乎總漸漸讓她慾火焚身。

在沐浴時喝一杯冰啤酒。這樣簡單的小事感覺卻如此優雅，為什麼她和理查不能過這樣的生活？她知道，有一部分是因為長久以來的生活方式已成慣性。所有婚姻、所有關係都可能走到這一步。習慣容易預測，而容易預測就能讓人安心，她也注意到了這點。

還有農場。這片農場就像需要照顧的殘疾病人，即使不斷以機器設備來取代人力，大多數工作不比過去那般繁重，還是時時需要注意。

但是這裡還有其他問題，可預測性是一件事，害怕改變又是另一件事。理查害怕改變，害怕他們的婚姻中出現任何變化，大部分問題他都不想談，尤其不想談論性事。情慾在某些方面來說是危險的，在他的想法中並不恰當。

但並不是只有他一個人這麼想，實在也怪不了他，矗立在這裡、阻隔了自由的障礙是什麼？不只是在他們的農場上，而是存在於鄉村生活的文化裡。或許從這件事來看，該說是城市文化。為什麼這些高牆和圍籬要阻絕男女之間開放而自然的交往？為什麼生活中都缺乏了親密？缺少了情慾？

女性雜誌上會談論這些問題，女性也開始對於自己在更廣泛的萬物運作機制中分配到的位置有所期待，包括她們生活中在臥房裡的角色，這類期待會威脅到像理查這樣的男性，而她猜想大多數男性可能都是如此。可以說，女性希望男性既是浪漫的詩人，也是積極而熱情的愛人。

女性認為這兩者並不衝突，男性卻不然。在更衣室、單身漢派對、撞球酒吧，他們生活各種禁止女性參加的集會中，他們定義出了一種特定的男性特質，容不下詩歌或者其他細膩敏感的事情。因此，若說情慾是一種細膩的玩意兒，本身就是一種藝術，法蘭切絲卡也知道就是如此，那麼情慾在他們的生活往來中便沒有一席之地。於是，他們繼續跳著那令人分心、巧妙得如此簡便的舞步，仍然無法靠近彼此，而女人在麥迪遜郡的夜裡只能嘆口氣，轉頭面向那堵高牆。

羅伯特．金凱的腦中應該能夠明白這一切，無須明說，她很確定這一點。

她一邊走出臥房一邊擦乾身體，注意到時間剛剛超過十點。天氣還是很熱，不過洗完澡就涼快了，她從衣櫃裡拿出新買的洋裝。

她將長長的黑髮挽到腦後，用銀色髮夾固定住，接著戴上大大的銀色環狀耳環，還有一條鬆鬆的銀手鏈。也是那天早上她在德梅因買的。

她又擦上風之頌的香水，拉丁裔血統讓她擁有高突的顴骨。她擦上一點口紅，顯出一點點粉色，色調甚至比洋裝還淺。她在戶外勞動時總穿著短褲和露腰上衣，膚色有些晒黑，讓整套打扮更是引人注目，從裙襬下伸出的兩條細腿看起來很是漂亮。

她先是扭腰轉過一側，再另一側，看著梳妝鏡裡的自己，想著：我大概也就能做到這樣了。接著她看得滿意了，有些大聲地說出口。「不過挺好看的。」

她走進廚房時，羅伯特．金凱已經開了第二罐啤酒，正重新打包相機，抬頭看著她。

「天啊。」他輕聲說道。所有感受、所有尋覓和思索——這是一輩子的感受、尋覓和思索——都在那一刻匯聚成一體，而他愛上了法蘭切絲卡·強森，她是愛荷華州麥迪遜郡的農夫之妻，很早以前從那不勒斯而來。

「我是說，」他的聲音有些顫抖、有些粗啞，「如果妳不介意我大膽直說，妳看起來美得不可方物，是那種讓人在街上不禁叫吼、折磨人的美，我是說真的，法蘭切絲卡，妳整個人就是最純粹而直接的美麗。」

她聽得出他是真心稱讚自己，並因此陶醉、浸淫其中。這段話在她耳裡繞梁不絕，就像不知從哪裡來的某個神明，多年前拋棄她後又回頭，伸手倒出清爽舒服的油抹在她肌膚上，滲進所有毛細孔中。

而就在那一瞬間，她愛上了羅伯特·金凱，這位從華盛頓州貝靈漢來的攝影師兼作家，他開著一輛叫做哈利的老皮卡車。

再次起舞的空間

一九六五年八月的那個星期二夜晚，羅伯特．金凱凝視著法蘭切絲卡．強森，她也同樣凝視著他，兩人相隔三公尺，兩兩相望，眼神皆是如此堅定、親密，如此難分難捨。

電話響了。她仍看著他。第一次鈴響時她沒有動，第二次也沒有。而第二次鈴響後陷入好長一段寂靜。在第三次鈴聲響起前，他深深吸吐一口氣，便低頭看著相機袋子，因此她才能走到廚房另一端掛在牆上的電話，那就在他坐著的椅子後面。

「強森家……嗨，瑪姬，對，我很好。星期四晚上？」她算了一下：他說他會在這裡待一週，昨天來的，今天才星期二。她輕而易舉決定說謊。

她正站在通往門廊的門邊，左手拿著電話。他坐在自己伸手可觸及的地方，背對著她，她伸出右手搭在他肩膀，就像有些女人和自己在意的男人相處那樣輕鬆自在。僅僅二十四小時，她已開始在意羅伯特·金凱。

「喔，瑪姬，我剛好那天有事，我要去德梅因買東西，大概得把一直拖著沒辦的一堆事辦好才行。妳知道的，要趁理查跟孩子都不在的時候。」

她的手靜靜搭在他身上，感覺到從他頸部一路延伸到肩膀的肌肉，就在他鎖骨背後的那一塊。她低頭看著他整齊中分的濃密灰髮，髮絲在他領子上微微飄動。瑪姬仍滔滔不絕。

「有，不久前理查才打來……沒有，要等星期三才有評審，就是明天，理查說他們要星期五很晚才回家，他們星期四有東西想看。車程很長，尤其是開著載貨的卡車……沒有，足球練習還有一個禮拜才開始呢，嗯哼，一個禮拜，反正麥可是這麼說的。」

她感受到他的身體溫度，透過襯衫傳過來多麼溫暖，那股熱度滲入她的手掌，一路往上傳到手臂，然後再傳播到她全身任何想去的地方，她無需費力，而她其實也不想抗拒。他文風不動，不想發出任何聲音，以免讓瑪姬起疑。法蘭切絲卡知道他的用意。

「喔對，有個男人來問路。」正如她所猜想，佛洛埃德．克拉克昨天經過這裡後馬上回家告訴太太他在強森家庭院看見那輛綠色皮卡車。

「是攝影師？天啊，我都不知道，我沒太注意，可能是吧。」現在撒起謊更容易了。

「他在找羅斯曼橋……是這樣嗎？要拍舊橋梁的照片是吧？喔，好吧，這也沒什麼大不了的。

「嬉皮？」法蘭切絲卡咯咯笑著，看著金凱慢慢搖著頭，「喔，我也不清楚嬉皮長什麼樣，這個人很有禮貌，只待了一、兩分鐘就走了……我不知道義大利有沒有嬉皮，瑪姬，我已經八年沒有回去了，而且我剛剛就說，我也不知道自己看到嬉皮會不會知道那個人是嬉皮。」

瑪姬又繼續聊起她在某本報刊雜誌看到的自由戀愛、社群和藥物等話題，「瑪姬，妳打來的時候我剛好準備要洗澡，最好得快點去，免得水冷了……好，我很快再打給妳，拜拜。」

她不想讓手離開他的肩膀，但是也沒有什麼好藉口繼續搭著，所以就走到水槽前打開收音機。更多鄉村音樂。她轉動轉盤，聽見收音機傳出大樂團演奏的聲音，然後就不動了。

「〈柑橘〉。」他說。

「什麼？」

「這首歌叫做〈柑橘〉，唱的是一個阿根廷女人的故事。」他講話又繞著圈子。什麼都說、什麼都好，努力爭取時間、摸索各種感受，聽見自己腦海深處某個地方傳來輕輕一聲喀噠，那是兩人進入愛荷華州一間廚房後把門關上的聲音。

她對他露出溫柔的微笑。「你餓了嗎？我已經準備好晚餐，隨時可以吃。」

「今天忙了很久，也很充實，吃飯前倒是很想再喝點啤酒，妳可以跟我一起喝嗎？」他拖延時間，正在尋找自己的重心，感覺每分每秒都在偏移。

她願意。於是他開了兩罐啤酒，把一罐放在她那一邊的桌子。

法蘭切絲卡很滿意自己的外表和感受。她感受到自己的陰柔，就是這樣。輕盈、溫暖而陰柔，她坐在廚房的椅子上雙腿交疊，裙襬撩起，露出右膝乃至於右腿；金凱往後靠在冰箱上，雙臂交叉在胸前，右手拿著百威啤酒。她很高興他注意到她的雙腿。他確實看到了。

他注意到她的一切。他大可以早點拋下這些，現在還可以走，理智正對他尖叫——放手吧，金凱，回頭上路，拍完廊橋就去印度，中途停在曼谷去看看那位絲綢商人的女兒，她知曉男女之間古老的互動能帶來的所有狂喜祕密，日出時與她在叢林的水池中裸泳，日暮時與她翻雲覆雨，聽著她尖聲高喊，放手吧，那聲音現在發出警告般的嘶啞，你追趕不上的。

但是那首緩慢的街頭探戈已經開始，在某個地方演奏，他能夠聽見老舊手風琴的聲音，在背後很遠處、或者前頭很遠處，他也不確定，但是正緩緩朝他而來。樂聲模糊了他的標準，一個個篩過其他的選擇，最後只剩下同一個，如此無情，到最後便無路可走，只能走向法蘭切絲卡・強森。

「如果妳願意，我們可以跳舞，這音樂滿適合的。」他說話時還是一貫那麼認真、害羞，然後他很快加了一句警告。「我舞跳得不怎麼樣，但是如果妳想跳，我想在廚房裡大概還是可以的。」

傑克抓了抓後門想要進來。其實可以讓他待在外面。

法蘭切絲卡稍稍臉紅。「好啊，但是我也不太常跳舞……很久沒跳了，我年輕時在義大利會跳，不過現在大概只有迎接新年時吧，而且也只跳一會兒。」

他微笑著把啤酒放在流理檯上，她站起來，兩人靠近彼此。「您現在收聽的是芝加哥WGN週二夜舞會，」那個聲音溫潤的男中音說，「聽段廣告之後再回來。」

兩人都笑了，電話和廣告，總有些什麼不斷將現實推到他們之間，兩人無須言語，便都明白。

但是他仍然伸了左手出去牽了她的右手，隨興靠在流理檯上，雙腳腳踝交疊，右腳踝放在上面。她也在他身旁靠在水槽邊，從桌邊的窗戶看了出去，感覺到他纖細的手指握著她的手。外頭沒有微風，玉米兀自生長。

「喔，等一下。」她不太情願地把手從他手裡抽出來，打開了右下的櫥櫃，拿出那天早上在德梅因買的兩根白蠟燭，另外還各搭配了一座黃銅小燭臺，她把蠟燭放在桌上。

他走過去把蠟燭放斜後點著，她則關掉了頭頂的燈。現在除了兩團直指上方的小火焰之外就是一片黑暗，在無風的夜晚中幾乎沒有晃動。這平凡無奇的廚房從來沒有這麼漂亮。

音樂又開始了，他們倆運氣不錯。這首是〈秋葉〉的慢歌版本。

她覺得很尷尬，他也是。不過他仍牽起她的手，另一手攬住她的腰，她便朝他靠近，尷尬感就此消失，不知怎地就成了，如此輕鬆自在。他攬在她腰上的手收緊了些，將她抱得更緊。

她能聞到他身上的味道，乾淨而溫暖，帶著肥皂香氣，這是文明人身上應有的好聞味道。不過大概也是因為他，似乎還有些原始的氣息。

「香水很好聞。」他說，拉著兩人交握的手，貼在自己胸膛靠近肩膀的地方。

「謝謝。」

兩人慢慢跳著舞，並沒有往哪個方向大幅移動。她可以感覺到他的大腿靠著自己的，兩人的腹部不時相碰。

一曲終了，他卻仍抱著她，低聲哼著剛剛演奏的旋律，兩人維持著同樣的姿勢，等到下一首歌開始，他自發性帶著她繼續跳舞，外頭的蝗蟲叫著，抱怨九月即將來臨。

她可以感覺到他藏在輕薄的棉質襯衫下肩膀的肌肉。他很真實，比她所知道的任何事物都真實。他微微傾身，兩人臉頰輕碰。

他們共度的這段時間裡，他曾有一次稱自己是最後的牛仔。他們那時坐在後院打水幫浦旁邊的草地，她不懂他的意思，便開口問。

「有一群人將被時代淘汰，」他說，「或者說非常接近了。這個世界越來越有組織，對我和其他一些人來說，這樣的組織太過緊密，各種事物都有其位置，那地方能夠容納各種事物。沒錯，我承認，我的攝影設備也整理得相當有組織，不過我說的不只是這個問題，而是規矩、準則、法律和社會成規，還有權力階級、控制範圍、長期計畫以及預算、企業的力量。我們相信『新芽』的力量，這個世界到處都是皺巴巴的西裝和寫著姓名的貼紙。

「不是所有男人都是一樣。有些人在這個即將來臨的世界中可以過得不錯，有些人卻沒辦法。或許就是我們寥寥幾人。妳可以從電腦、機器人和這些東西預示的未來中看到。在其他世界裡有些我們可以做的事，我們生來就是要做那些事，沒有人、也沒有機器可以做到，我們跑得很快、強壯、敏捷、積極而又強悍，我們被賦予了勇氣，可以把長矛丟擲到很遠的地方，也能與人徒手搏鬥。

「最終電腦和機器人會主導一切，人們可以管理這些機器，但是並不需要勇氣、力量或者類似那樣的特質。說真的，人類的壽命很長，有用的時間卻很短，你所需要的就只有讓種族得以延續下去的精子銀行，而現在那也逐漸成形。女人常說大多數男人都是糟糕的情人，所以就算用科學取代性愛也沒什麼可惜。

「我們漸漸放棄了自由自在的生活，過得有組織，掩藏我們的情感，只在乎效率、影響力，還有其他一切機智詭計等等。失去了自由自在的生活，牛仔就消失了，連帶著山獅和灰狼也消失，對旅人來說也沒剩下太多空間。

「我就是最後那群牛仔之一，我的工作給了我某種自由自在的生活方式，現在能找到多少算多少，我並不會為此傷心，只是我猜大概是有一點渴望吧。

「但是這一定會發生，唯有如此，我們才不會毀掉自己。我認為男性賀爾蒙就是這個星球上所有麻煩的最終源頭，宰制另一個部落或者另一名戰士是一回事，擁有飛彈卻是很不一樣的另一回事。而且我們再繼續這樣生活下去就會摧毀大自然，擁有這樣的力量也是完全不同的。瑞秋．卡森是對的。約翰．謬爾和埃爾多．李奧波德[1]也是對的。

「現代的詛咒就是男性賀爾蒙在許多領域占有優勢，也可能在這些地方造成長期損害。即使我們不去談論國家之間的戰爭或者對大自然的毀壞，還是存在著爭強好勝的問題，讓人與人之間無法親近，也無法面對我們必須努力處理的問題，我們必須想辦法轉化那些男性賀爾蒙，或者至少要施加控制。

「或許也該拋開童年的一切好好長大了——操，我知道，我也承認應該如此，我只是想要拍些好照片，避世而居，免得我澈底遭到淘汰，或者造成什麼嚴重的損害。」

這麼多年來，她也想過他說的這些。從表面上看，這些話似乎聽起來有理，可是他的行為舉止卻和他說的話互相矛盾。他身上具有某種猛烈暴衝的爭強好勝，可是他似乎能夠控制，隨心所欲啟動後再放開，正是這一點讓她既是困惑又深受吸引，那股無比緊繃的力量，卻又有所控制、尺度拿捏得宜，如同箭頭一般的緊繃張力中混雜著溫暖，而且沒有一絲惡意。

那個星期二的夜晚，兩人就這樣一步步、非刻意地往彼此越靠越近，在廚房裡跳舞。法蘭切絲卡緊貼著他的胸膛。她心想，不知道隔著這件洋裝和他的襯衫，他能不能感覺到她的胸部。然後又很確定他可以。

他帶給她的感覺很好，她希望這一刻能永遠持續下去。更多老歌、跳更

1 譯註：瑞秋．卡森（Rachel Carson）是美國海洋生物學家，她的著作《寂靜的春天》（*Silent Spring*）出版後便造成轟動，讓全球各地的環境保護意識抬頭。約翰．謬爾（John Muir）以及埃爾多．李奧波德（Aldo Leopold）也是美國重要的環境保護運動領袖。

多舞、讓他更多部分的身體貼上她的身體。她再一次成為了女人，又有了再次起舞的空間，就這樣慢慢地、毫不停歇地，她轉著身回家，前往一個她從未去過的地方。

天氣很熱，溼度越來越高，西南方遠處傳來雷響，飛蛾貼在紗窗上盯著室內的蠟燭，直想撲到火上。

而今他愛上了她，她也愛上了他。她微微把頭往後仰，臉頰離開他，然後抬起頭，用一雙深色眼睛看著他，然後他吻了她，她也回應。兩人溫柔的吻持續良久，彷彿河流般綿延不絕。

他們拋開了跳舞這個藉口，她伸出手臂攬住他的脖子，他以左手搭著她的後腰，另一手則撫過她的脖子、臉頰、頭髮。小說家湯瑪斯．伍爾夫曾經說「古老渴望的鬼魂」，這縷鬼魂在法蘭切絲卡．強森體內騷動，在兩人體內騷動。

法蘭切絲卡．強森在自己的六十七歲生日這天坐在窗戶旁邊，看著窗外的雨回憶過往。

她帶著白蘭地走進廚房，稍稍停下腳步，盯著兩人過去站著的那塊地方，心中情感洶湧，差點要將她淹沒，向來如此，就是這麼強烈。所以這麼多年來，她一年也只敢這麼詳盡回想一次，否則光是面對這樣的情緒衝擊，內心似乎就會分崩離析。

她克制著自己不去回憶是為了生存下去。只是過去幾年，她越來越常想起其中細節。她已經不再試圖阻止他出現在回憶之中，種種影像是如此清晰、如此真實，存在感如此強烈，又是如此久遠。過了二十二年，這一切卻慢慢再次成為她的現實，成為她唯一想要生存其中的現實。

她知道自己六十七歲了，也接受此事，但是她無法想像羅伯特．金凱已經將近七十五歲，她想都不願意想，無法揣測那是什麼模樣，甚至無法想像自己想像出那個模樣。他和她一起在這裡，就在這個廚房，穿著白襯衫、長長的灰髮、卡其色短褲、棕色涼鞋、銀手鏈，脖子上還戴著銀鏈子。他就在這裡抱著她。

終於，她離開他的懷抱，離開他們在廚房站的那塊地方，她牽起他的手帶他走向樓梯，上樓經過凱洛琳的房間、麥可的房間，進入她的房間，打開床邊的一盞小閱讀燈。

如今，這麼多年後，法蘭切絲卡拿著白蘭地慢慢走上樓，右手垂在身後，要一起帶著他的回憶走上樓，走過走廊進入臥房。

他的身影清晰刻畫在她的腦海中，彷彿他手下線條俐落的照片。她記得那一連串脫下衣服的動作，有如在夢中，兩人赤裸躺在床上。她記得他撐在自己上方，胸膛緩緩抵著她的小腹和胸部移動，他就這樣重複一次又一次，好像某篇古老的動物學文章中所記載的動物求偶儀式。他在她身上動作時，會時而親吻她的脣和耳朵，或者伸出舌頭舔過她的脖頸，一如草原上優雅的花豹也會在長草中這樣做。

他就是隻動物，是動作優雅而強悍的雄性動物，並未刻意做什麼宰制她，卻又完全宰制了她。那儼然就是她在這一刻希望發生的事。

然而還不只是身體上的，雖說他做愛的時間能夠維持很久還不喊累，也是其中一個因素。愛著他更是心靈上的狀態。現在說愛，在她聽來幾乎有些庸俗，畢竟過去二十年來她對這些事情並不在意。那種愛屬於心靈層面，卻不庸俗。

兩人做愛時她將這種感受濃縮成一個句子，悄聲對他說：「羅伯特，你的力量太強大了，很可怕。」他的身體確實很有力量，不過運用起來十分謹慎，只是她的意思不僅於此。

性愛是一回事，自從她遇見他至今這段時間，她已經準備好迎接某種歡愉，至少是有這樣的可能性，能夠暫且讓她遠離令人沮喪的不變日常。只是她沒有料想到他身上這股奇異的力量。

他彷彿占領了她的所有，方方面面，所以才如此可怕。她向來就知道，沒有絲毫懷疑，無論她和羅伯特．金凱做了什麼，有一部分的她絕對不會參與其中，那部分是屬於她在麥迪遜郡的家庭與生活。

但是他就這樣奪走了全部，打從他走下卡車問路時她就該知道，那時的他看起來彷彿是通靈的巫醫，她原本的判斷就是對的。

他們會做愛一個小時，或許更久，然後他慢慢退開，再看著她，點一根菸，也幫她點一根。或有時他就只是躺在她身旁，總有一隻手在她身體上游移，然後他又進入她的身體，愛著她時也在她耳邊輕聲軟語，在隻字片語之間親吻她，手攬著她的腰，讓她貼近自己、他也貼近她。

然後她的腦海中會開始翻騰，呼吸越來越重，領著她去到他居住之處，而他住在陌生又詭異的地方，在達爾文演化論的分支上，恐怕要倒退到很古早之前。

她將臉埋在他頸窩，與他肌膚相貼，聞到河流與木柴燃燒的煙味，聽見久遠以前深夜裡從冬日車站中嚓嚓駛出的蒸汽火車，看見穿著黑袍的旅人踩著穩健的步伐，沿著冰凍的河流前進、穿越夏日草地，一路走向萬物的終結。敏捷的花豹從她身邊一掠而過，一次、又一次、再一次，像是一陣悠長的草原之風，而她在他身下乘著那陣風一路往前，彷若神殿中的處女迎向甜美而馴服的火光，凸顯出通往無意識的柔軟曲線。

然後她呢喃著，聲音輕柔、喘不過氣。「喔，羅伯特……羅伯特……我不行了。」

她好多年前就不再有高潮，如今卻從這個一半是人、一半是其他事物的生物，感受到連綿不絕的高潮。她很好奇他這個人和他的耐力，然後他告訴她自己不僅能夠達到生理的高潮，也能在腦中到達那些地方，而腦中的高潮自有其特殊性格。

她不知道他是什麼意思，只知道他似乎拉緊了某條繫繩，將兩人緊緊綁縛起來，若不是她感覺到自己體內那股急欲跳脫而出的自由，或許會就這麼窒息。

夜晚還沒結束，兩人持續跳著無比美妙的迴旋舞。羅伯特・金凱拋棄了所有直來直往的感官知覺，轉而讓自己體內只對形狀、聲音及陰影有反應的那部分主導，他沿著昔日時光的路徑一路向前，以夏日青草上遇陽光而融化的冰霜以及秋日紅葉為燭，尋找自己的方向。

然後他聽見自己對她的耳語，那個聲音似乎不像是他，吟誦出里爾克[2]的片段詩句，「圍繞著古老的高塔……這般打轉已有千年。」納瓦霍族頌讚太陽的詩句，他悄聲說出她帶給他的景象。有風吹揚起的沙、洋紅色的風、棕色的鵜鶘乘在海豚背上，沿著非洲海岸往北移動。

她弓起身體貼向他時嘴裡發出了聲音，微弱而且聽不出來在說什麼，但是他完全能理解這種語言，在他身下的這個女人——他腹部貼著她、深埋在她體內。羅伯特・金凱的漫長尋找便走到了終點。

他終於明白了。他曾走過的所有無人沙灘上那一串串小腳印、從未出航的船隻上裝載的所有祕密貨櫃、還有浸在暮光的城市中、蜿蜒的街道上，與他擦肩而過、凝望著他的每張面紗下的臉——代表著什麼意義。他就像舊時光中的高明獵人，經過長途跋涉之後終於見到家中營火的光亮，寂寞就此消散。終於、終於，他走了長遠的路……如此長遠。他躺在她身上，對她的愛

2 譯註：萊納・瑪利亞・里爾克（Rainer Maria Rilke）是十九世紀末的知名詩人，主要以德文創作詩文、小說及劇本，對歐洲頹廢派文學有重要影響。

已經契合成形、完整得無可更改。終於。

晨光將至，他微微抬起身體，直視著她的眼睛。「這就是我此時此刻處在這個星球上的原因，法蘭切絲卡，不是為了旅行或拍照，而是為了愛妳，我現在終於知道了。我從過去的某一刻開始從某個廣闊的高處邊緣墜落，從這一世活過的年月更久以前。這麼多年來，我的墜落就是為了找到妳。」

他們下樓時發現收音機還開著，天空露出魚肚白，但是太陽還躲在一片薄薄的雲後。

「法蘭切絲卡，我要請妳幫個忙。」她正拿著咖啡壺手忙腳亂，他對她微笑著說。

「什麼忙？」她看著他，喔天啊，我好愛他。她心神不寧地想著，她還想要更多的他，這永遠不會停歇。

「穿妳昨晚穿的牛仔褲和T恤，還有涼鞋，其他的都不用，我想要拍攝妳今天早上的模樣。只為我們兩人而拍的照片。」

她走上樓，雙腿因為整晚纏著他而發軟。她穿好衣服便和他走到外面的牧場，他就在這裡拍出了她每年都會看著的那張照片。

高速公路與遊隼

接下來幾天，羅伯特．金凱完全放棄了攝影，而法蘭切絲卡．強森也放棄了農場生活，只做幾件簡化之後非做不可的家事。兩人無時無刻都在一起，或是談天、或是做愛，有兩次她提出要求，他便彈起吉他為她唱歌，歌聲說不上多好聽，還算可以，有一點不自在，她因此知道自己是他第一位聽眾。他這樣說之後，她微笑著親吻他，放鬆心情去感受，聽他唱著捕鯨船與沙漠中的風。

她和他一起開著哈利到德梅因機場，他將底片寄送到紐約。如果可以，他都會將先拍攝的幾捲底片寄送出去，這樣編輯就可以看看他拍攝的成品，技術人員也可以檢查一下，確認他的相機快門運作得當。

之後他帶她到一家高級餐廳吃午餐，坐在桌子另一邊握著她的手，用熱切的眼神盯著她看。服務生只是看著他們就露出微笑，希望自己偶爾也能體會到這種感覺。

她覺得無比神奇。羅伯特．金凱居然能夠感知到自己的生活方式即將完結，並且泰然接受。他看得出牛仔和類似族群即將消逝，他自己也是其中之一。同時她也開始理解他所說的意思。他說自己處在演化分支的末端，而且是死路一條。有一次，他們談論起他所謂的「最終之物」，他悄聲說道：「『不再重現，』高地沙漠之王喊著，『永遠、永遠、永遠不再重現。』」在這一條演化的分支上，他在自己前方看不到任何事物；他的族類已遭淘汰。

週四，他們下午做完愛之後聊著天，兩人都知道這段對話必須發生，也都在逃避此事。

「我們之後要怎麼辦？」他說。

她抱持沉默，讓她撕心裂肺的沉默，接著說：「我不知道。」聲音相當輕柔。

「這樣吧，如果妳想要，我就留在這裡，或者待在鎮上，哪裡都好，等妳的家人回來，我就和妳丈夫談一談，向他解釋是怎麼回事。這件事不容易，但我會辦好。」

她搖搖頭。「理查永遠也無法理解這件事，他不是這樣思考的。他不會理解什麼魔法、熱情，還有我們談過的、體驗過的其他一切，他永遠也不會懂。不是說因為這樣他就一定比較不好，只是這跟他所感受過、思考過的東西相差太多，他根本無法接受。」

「那我們就要放棄這一切嗎？」他一臉嚴肅，毫無笑意。

「我也不知道，羅伯特，這感覺就像是你擁有了我。實在很奇怪，我並不想被人擁有，也不需要，而且我知道你也不想如此，可是事情就是這樣發生了。我已經不是在這裡的草地上坐在你身邊，而是自願囚禁在你的身體裡。」

他回答：「我不知道妳是不是在我身體裡，或者我在妳身體裡、或者是我擁有妳。至少我並不想擁有妳。我想我們都在另一個我們創造出來所謂『我們』的個體裡。

「說起來，我們其實不是在那個個體裡——我們就是那個個體。我們都失去了自我，創造出另外一種東西，那是只存在於我們兩人交纏當中的事物。老天，我們相愛，愛得這麼深、這麼重，能有多相愛就有多相愛。

「法蘭切絲卡，跟我一起去旅行吧，這不成問題的，我們可以埋在沙漠裡做愛、在肯亞蒙巴薩的旅館陽臺上喝白蘭地、看著阿拉伯的獨桅帆船迎著清晨第一道風揚帆。我會帶妳去看獅子棲息的國度，還有孟加拉灣上一座古老的法國城市，那裡有一家很棒的屋頂餐廳。我們去搭乘穿過山脈隘口的列車，還有庇里牛斯山上巴斯克人經營的小旅店；印度南部有一處老虎的保育區，在一片大湖中央的小島上有個特別的地方。如果妳不喜歡四處旅行，我就找個地方開店，在附近拍些東西或者人像照。只要我們能過日子，做什麼都好。」

「羅伯特，我們昨天晚上做愛時你說的話我還記得，我一直小聲對你說你的力量，天啊，你真的很有力量，你說『我是高速公路，我是遊隼，也是所有遨遊海上的帆。』你說的沒錯，你給人的感覺就是那樣。你感受到你體內的道路，不，不僅僅是那樣，那種感覺我也不確定自己能否解釋清楚，你就是道路，就在幻覺與現實交會的那道裂縫中，那就是你的所在。在那條道路上，那條道路就是你。

「你是幾個舊背包、是一輛叫做哈利的卡車，還有前往亞洲的噴射飛機，那就是我想要你去做的事。如果像你說的，你的演化分支已經到了死路，那麼我要你全速衝到死路的終點。我不知道如果帶上我你還能不能做到。你看不出來嗎？我太愛你了，我一刻也不願意束縛你，若是這麼做，就是扼殺了那隻狂野而神奇的動物，那就是你，而那股力量也會隨之死去。」

他想開口講話，但法蘭切絲卡阻止了他。

「羅伯特，我還沒說完。如果你伸手抱緊我，把我帶到卡車上，逼我跟你走，我也不會嘟囔抱怨。你只要開口，我也會跟你走。但是我覺得你不會這麼做，因為你太敏感、太在乎我的感受，而我對這裡也懷著責任感。

「沒錯，這裡的生活很無趣，那就是我的生活，沒有浪漫、情慾，不會在廚房裡點著燭光起舞，也感受不到一個懂得怎麼去愛女人的男人有多麼美好，最重要的是，這裡缺了你。但是我有這份該死的責任感，對理查、對孩子，光是我離開，實際上缺了我的存在，對理查就已經夠艱難，就可能會毀了他。

「除此之外還有更糟糕的：他下半輩子都得忍受這裡人的閒言碎語。

『那就是理查．強森，幾年前他那個正點的義大利小妻子和某個長髮攝影師跑了。』理查得忍受這些，而孩子們只要住在這裡一天，也會聽到溫特塞特人的譏笑，他們也會吃苦，也會因此恨我。

「雖然我也很想要你，想和你在一起、成為你的一部分，但是我不能讓自己捨棄掉現實的責任。如果你逼我跟你走，無論是使用蠻力或者以言語說服我，就像我剛剛說的：我抵抗不了，也沒有那個力氣，畢竟我這麼愛你。雖然我才表示不想奪走你心中的道路，但是為了想要你的私心，我也會這麼做。

「只是請你不要逼我，不要逼我放棄這裡、放棄我的責任。我做不到。光是想到就覺得活不下去。如果我現在一走了之，那些念頭就會把我變成其他東西，而不是你已經愛上的這個女人。」

羅伯特．金凱沉默不語，他知道她說的道路和責任是什麼意思，也知道那種罪惡感會如何改變她。在某個程度上，他知道她是對的。他望向窗外，內心在和自己爭鬥，努力想要理解她的感受。她開始哭泣。

接著兩人相擁良久，他才悄聲對她說：「我告訴妳一件事，只有這一件，以後我都不會再對別人說，請妳記住：在充滿不確定的宇宙中，這樣的確定感只會出現一次，往後無論妳活了幾生幾世，再也不會有了。」

那天晚上他們又做了愛，在週四晚上一起躺在床上，等到日出之後都還不急著起來。撫摸著彼此、小聲交談，然後法蘭切絲卡睡了一會兒，醒來後太陽已經高掛天空。氣溫很高，她聽見哈利一邊的車門嘎吱作響，便起身穿衣服。

她到廚房時他已煮好了咖啡，坐在桌前抽菸，他朝她咧嘴一笑，她走過廚房、到他身邊，將臉埋在他頸邊，雙手與他的髮絲交纏，他則伸手攬著她的腰。他把她轉過來，讓她坐在自己大腿上撫摸著她。

最後他站了起來，他穿著自己的舊牛仔褲、乾淨的卡其襯衫上穿戴著橘色吊帶，紅翼牌靴子上鞋帶綁緊，瑞士刀佩掛在腰帶。他拍攝時用的工作背心掛在椅背上，快門線從一個口袋探頭出來。牛仔已整裝待發。

「我該走了。」

她點點頭開始哭泣，她看見他眼中也盈著淚水，不過嘴角仍揚著他那抹微微笑。

「我可以偶爾寫信給妳嗎？我想至少可以寄一、兩張照片給妳。」

「沒關係，」法蘭切絲卡說，並拿起掛在櫥櫃門上的毛巾擦拭眼角，「我可以找些藉口解釋為什麼會收到嬉皮攝影師的信，只要不會太多就好。」

「妳有我在華盛頓的地址和電話對吧？」她點點頭，「如果我不在那裡，就打電話到《國家地理雜誌》的辦公室。來，我把電話寫給妳。」他寫在電話旁的筆記本上，撕下那張紙交給她。

「或者妳也可以在雜誌上找到電話，就說要找編輯辦公室，大多時候他們都知道我在哪裡。

「如果妳想見我，或者只是想說說話，隨時找我。無論我在世上哪個地方，妳就打受話者付費的電話，這樣費用就不會出現在妳的帳單上。我過幾天就會出現在這裡。想想我說過的話，我可以過來，馬上解決一切，然後我們可以一起開車往西北出發。」

法蘭切絲卡沒開口，她知道他確實可以很快解決這件事。理查比他小五歲，不過無論在智識、體力上都贏不過羅伯特・金凱。

他套上背心，她的心已然飄遠，空空蕩蕩、輾轉難安。羅伯特・金凱，不要走。她聽見自己體內某處傳出這樣的吶喊。

他牽起她的手，出了後門，往卡車走去，打開駕駛座的門，踩上側踏板，然後又離開，轉身抱著她抱了幾分鐘。兩人都沒有說話，只是站在那裡傳達、接收貼近彼此的感受，想將這種感覺銘刻於心、永不磨滅。再次印證了他說過的那種特殊之處的存在。

這是最後一次，他放開她上了卡車，坐在駕駛座上敞開車門，淚水從他臉頰滑落，淚水也從她臉頰滑落。他慢慢關上車門，絞鏈嘎吱作響。哈利還是一樣不太情願發動，不過她可以聽見他的靴子踩著油門，這輛老卡車終究還是乖乖聽話了。

他打了倒退檔，坐在位置上，仍踩著離合器，臉上的表情先是嚴肅，然後又淡淡笑著，露出幾顆牙，往前指著小路。「那條路，妳知道的，我下個月會在印度東南部，想要收到明信片嗎？」

她說不出話來，不過搖搖頭拒絕了。如果理查在郵箱裡發現那張明信片，恐怕會洩漏太多，她知道羅伯特能理解的，於是他點點頭。

卡車倒退開進農場，輪胎壓過碎石子，小雞四散開來，免得成了胎下亡魂。傑克追著其中一隻跑進停放機具的棚子，不斷吠叫。

羅伯特．金凱從敞開的副駕駛座窗戶向她揮揮手，她可以看見從他銀色手鏈上反射閃耀的陽光。他襯衫最上面兩顆釦子沒有扣。

他開上小路離開了。法蘭切絲卡不斷擦著眼睛想要看清楚，陽光照著她的眼淚折射出奇異的七彩光芒。她就像兩人初識的頭一天晚上那樣急忙跑到小路口，看著那輛老卡車顛簸上路。卡車停在道路盡頭，駕駛座的門敞開，他踩著側踏板探身出來，看見約在九十公尺以外的她。從這個距離看來身形嬌小。

他站在那裡直直盯著看，身邊的哈利在炎熱的天氣中顯得不耐。兩人都沒有移動，他們已經道別過了，只是這樣相望。一個是愛荷華州的農婦，一個是處在演化分支末端的生物，也是最後的牛仔。他站在那裡有半分鐘，攝影師的眼睛沒有放過任何細節，自行製造出他永遠不會忘記的影像。

他關上車門發動車輛，左轉開上前往溫特塞特的州道公路時，又開始哭泣。他及時回頭，正好看見她盤著腿坐在小路路口布滿沙塵的地上，雙手抱頭，接著農場西北邊一道樹林就擋住了他的視線。

理查和孩子傍晚天色還亮著時就回來了，帶著市集上的見聞。那頭牛贏了獎章之後就賣給了屠夫。凱洛琳馬上講起電話，這天是星期五，麥可開著皮卡車到鎮上去做十七歲男孩在星期五晚上會做的事，大部分是在廣場附近徘徊，跟開車經過的女孩聊天，或者朝她們呼喊。理查打開電視，吃著一塊玉米麵包配上奶油和楓糖漿，告訴法蘭切絲卡這麵包真是好吃。

她坐在前門廊的鞦韆上，理查看完了十點鐘的電視節目後也出來，伸展了筋骨說：「回到家真好。」然後他看著她。「法蘭，妳還好嗎？妳好像有點累，還是沒睡醒什麼的。」

「沒事，我很好，理查，你們平安無事回到家就好了。」

「好吧，我要去睡了，在市集待了一星期實在太久，我累翻了。法蘭妳要一起嗎？」

「先不要，外面感覺還不錯，我想要再坐一會兒。」她很累，但是她也害怕理查可能想做愛，她今晚實在沒辦法。

她可以聽見樓上的他在他們臥房裡走來走去，她則坐在鞦韆上前後擺盪，光著腳踩在門廊地板上。她聽見從房子後面傳來凱洛琳的收音機播放聲。

接下來幾天她都避免到鎮上去，一直小心謹慎，畢竟羅伯特．金凱距離這裡只有幾里遠。坦白說，她覺得如果見到他，她大概就阻止不了自己，她可能會跑向他，說：「走吧！我們必須現在就走！」她在雪松橋見他已經是擔冒風險，如今再見到他的風險又太大。

到了週二，家裡的食物雜貨即將見底，而理查正在重新組裝的玉米收割機又缺個零件。那天的雲層壓得很低，一直下雨，飄著薄霧，是個清涼的八月天。

理查買到了零件，在咖啡館裡跟其他男人一同喝咖啡，她則去採買雜貨。他知道她的採購行程，因此等她買完東西，便看見他就在超惠超市門口前面等她。他跳出卡車，戴著阿里斯查默斯農業機具公司贈送的帽子，幫她把袋子搬進福特皮卡車上。有些堆在座位，有些則放在她腳邊。然後她想起了三腳架和背包。

「我得再去一趟五金行，我忘記自己可能還需要另一種零件。」

他們往北開上美國一六九號公路，這是溫特塞特的主要街道。在德士古加油站南邊一個街區遠的地方，她看見皮卡車哈利正從加油機車道開出來，擋風玻璃上的雨刷啪啪響，接著開到他們前方的路上。

他們的車自然而然順勢跟到了那輛老舊皮卡車後面，法蘭切絲卡坐在福特車裡，位置較高，所以能夠看見後方蓋著一片黑色帆布緊緊綁好固定，底下露出行李箱的形狀，還有一口吉他箱子塞在平放的備胎旁邊。後窗上滿布雨滴，不過能看見他一部分的頭。他靠向另一邊，似乎要從副駕駛座的置物箱拿什麼東西。八天前他也這麼做過，手臂輕輕掃過她的腿上，而一週前她才到德梅因買了一件粉紅色裙裝。

「那輛卡車離家很遠啊，」理查注意到了，「華盛頓州，看起來開車的是個女人，總之是長頭髮的。現在想想，我敢說那一定是咖啡館裡他們在講的那個攝影師。」

他們跟著羅伯特．金凱的車往北開了幾個街區，到了一六九號公路和九十二號公路的交叉口。一條往東、一條往西，這裡是個四路停車路口，各個方向的來車交通量都很大，雨水和越來越濃的霧讓情況更加複雜。

他們坐在那裡停了大約有二十秒。他就在前方，離她還不到十公尺遠，她還有機會，並下車跑向哈利的右邊車門，爬進車內，越過背包、保冷箱和三腳架。

自從上週五羅伯特·金凱開車走了之後她就明白，即使她認為自己當時已經夠在意他，仍然嚴重低估了自己的感情。這似乎不可能，但確實如此。她漸漸理解了他早就理解的事。

但是她受責任感所累，只是僵坐在原位，盯著那扇後窗，她這一輩子從來沒有用那麼強烈的眼神看著什麼東西。他打亮了左轉燈，下一刻便不見蹤影，理查的手指還在調著福特卡車的收音機。

她眼前的一切開始成了慢動作，這是大腦製造出來的有趣把戲。路口輪到他往前了。慢慢地……慢慢地……他開著哈利進入十字路口，她能想像出那個畫面：他的修長雙腳在離合器與油門上踩踏。換檔時，右前臂的肌肉隨之緥緊，卡車現在往左拐上了九十二號公路前往康瑟爾崖、黑山，然後是西北方……慢慢地……慢慢地……老舊的皮卡車轉了個彎……轉過十字路口時的速度相當緩慢，車頭就這樣指向了西方。

淚水、雨水和霧氣模糊了她的視線。她用力眨著眼睛，卻幾乎看不清楚褪色紅漆寫在車門上的字。**金凱攝影，華盛頓州貝靈漢**。

他轉彎時便已搖下車窗，好讓自己在視線不佳的情況下仍能開車。他轉過彎，她看見他的頭髮迎風飄揚。他開上九十二號公路，開始加速向西，一邊開車一邊搖上車窗。

喔，天啊——喔，我的老天爺……不！她心裡冒出這些話，我錯了，羅伯特，我不應該留下來……但是我不能走……讓我再告訴你一次……為什麼我不能走……你再跟我說一次為什麼我應該走。

然後她彷彿聽見他的聲音從高速公路那端傳了回來：在充滿不確定的宇

宙中，這樣的確定感只會出現一次，往後無論妳活了幾生幾世，再也不會有了。

理查開著卡車通過十字路口往北，她越過他的面孔，迅速往哈利的紅色車尾燈看了一眼，注視車子開進濃霧雨水中。那輛老雪佛蘭皮卡車開在一輛龐大的半拖式卡車旁，看起來十分嬌小。大卡車擺尾呼嘯著開進溫特塞特，往最後的牛仔身上潑了一把路面積水。

「再見，羅伯特·金凱。」她輕聲說著，然後開始哭泣，毫無遮掩。

理查偏過頭來看著她。「怎麼了，法蘭？拜託妳告訴我妳到底怎麼回事好嗎？」

「理查，我只是需要一點時間獨處，幾分鐘就沒事了。」

理查把收音機轉了頻道，收聽午間畜牧新聞，轉過頭去看看她，又搖搖頭。

灰

夜幕籠罩了麥迪遜郡。這一年是一九八七，她六十七歲生日。法蘭切絲卡已經躺在床上兩個小時。她幾乎能看到、摸到、聞到、聽到二十二年前的那一切。

她還記得，又再次想起那幅景象，在雨水和霧氣中沿著愛荷華州九十二號公路一路往西移動的那兩盞紅色車尾燈，車燈尾隨著她二十多年。她撫摸著自己的胸部，可以感覺到他的胸肌掃過去。天啊，她好愛他，那時對他的愛便超過了她以為能夠付出的程度，而她現在又更愛他了，願意為了他做任何事，獨獨不能毀掉自己的家庭，或許也會毀了他。

她走下樓，坐在廚房裡那張黃色美耐板桌面的老舊桌前。理查買了一張新桌子，他很堅持要買，不過她也要求把舊桌子存放在倉庫，而在收起來之前，她小心地用塑膠布把桌子包裹起來。

「我實在不知道妳為什麼這麼喜歡這張舊桌子。」理查幫忙她搬桌子時這樣抱怨過。理查過世後，麥可幫她把桌子搬回家，從來沒有過問為什麼她想用這張桌子取代比較新的那張，只是用充滿疑問的眼神看著她，而她什麼也沒說。

現在她就坐在這張桌前。接著，她走到櫥櫃拿出兩根放在黃銅小燭臺上的白色蠟燭，點燃後打開收音機，慢慢調整轉盤，轉到喇叭，播放出慢板平和的音樂。

她在水槽邊站了很久，頭微微向前傾，看著他的臉悄聲說：「我記得你，羅伯特・金凱，或許什麼高地沙漠之王是對的，或許你就是最後一人。

或許，如今所有牛仔真的都快滅絕了。」

理查過世之前，她從來沒有試圖打電話或者寫信給金凱，不過她每天都反覆掙扎要不要這麼做，就這樣過了好幾年。如果她再和他說話，她就會去找他；如果她寫信給他，她知道他會找來，就是只差這麼一點。這麼多年，他寄給她那個裝了照片和手稿的包裹之後，就再也沒有打電話或者寫信來，她知道他能了解她的感受，以及他可能給她的生活帶來什麼麻煩。

她在一九六五年九月訂閱了《國家地理雜誌》，隔年雜誌上出現了關於廊橋的文章，文章中有張照片是沐浴在溫暖晨曦中的羅斯曼橋，正是在他發現她字條的那天早上。封面照片是他拍攝了一組人馬拉著馬車走向豬背橋，他也負責這篇報導的文字撰寫。

雜誌末頁上寫著撰稿的作者與攝影師姓名，偶爾也會有他們的照片，有時候他就出現在那裡，同樣留著一頭銀灰長髮、戴著手鏈，穿著牛仔褲或卡其褲，肩膀上掛著相機，手臂上可見凸出的血管，在非洲南部的喀拉哈里、印度齋蒲爾的城牆前、瓜地馬拉的獨木舟上，在加拿大北部，條條道路上都是牛仔的身影。

她剪下這些照片，和報導廊橋的那期雜誌、手稿、那兩張照片和他的信件，一起收在牛皮紙信封裡。她把信封放在衣櫃中的內衣底下，理查永遠不會查看這個地方。她就像某個站在遠處的觀察者，多年來追蹤著他的行動，看著羅伯特．金凱年紀漸老。

他還保有那個笑容，甚至維持著修長精瘦的身材，肌肉健壯。但是她看得出來，從他眼睛周圍的皺紋、強壯肩膀微微駝了，還有漸漸下垂的臉龐，她看得出來。她仔細觀察過那副身體，這一生從未如此仔細觀察過什麼，甚至比觀察自己的身體都仔細，而他的年老讓她更加渴求他，並想不到她居然還能更渴求。她疑心——不，她確定他是獨身一人，他也確實如此。

在燭光下，她坐在桌前細細看著剪報。他的眼神從各個遙遠的地方探出照片注視她。她翻到一九六七年一期雜誌上一張特別的照片，他在東非一條河流旁邊，面對著相機靠近觀看，蹲下來準備要拍攝什麼照片。

多年前，當她第一次看見這張剪報，見到他頸間的銀鏈上如今掛了一塊小牌子。麥可離家去上大學了，等到理查和凱洛琳都上床睡覺，她才拿出一面大倍數的放大鏡，這是麥可以前小時候集郵時用的，她拿放大鏡湊近照片。

「天啊。」她低呼道。小牌子上刻著「法蘭切絲卡」，這是他的一次小小的輕率之舉，而她微笑著予以原諒。在那之後的所有照片中，銀鏈上一直都掛著那面小牌。

一九七五年之後她再也沒在雜誌中看見他，他的署名也不見了，她在每一期雜誌中尋找，卻什麼也沒找到。那年他應該六十二歲了。

理查在一九七九年過世，喪禮結束後，孩子們也回到各自家中，她想過要不要打電話給羅伯特・金凱，那時他會是六十六歲了，她則是五十九歲，即使他們失去了十四年時光，但還有時間。她認真考慮了一個禮拜，終於記下他信紙抬頭的號碼，並撥打出去。

電話開始響鈴時她的心臟幾乎停止，接著她聽見電話另一端有人接起來，差一點就把自己的話筒掛了回去。有個女人出聲說：「麥葛雷格保險公司，您好。」法蘭切絲卡的心沉了下去，不過還是努力恢復鎮定，詢問祕書自己是否打錯電話。確實。法蘭切絲卡道謝後掛掉電話。

接下來她試著撥打給華盛頓州貝靈漢的查號臺，沒有登記的紀錄。她試了西雅圖，一無所獲。接著是貝靈漢及西雅圖的商會辦公室，詢問他們是否能查詢一下城市人名地址簿，他們查過，但他的名字並未登記在上面。他可能在任何地方，她想。

她想起了雜誌社，他說過可以打電話到那裡。接線生很有禮貌，不過是新來的，所以需要去找人幫忙她解決這個要求，法蘭切絲卡的電話被轉接了三次，才和一名已經在雜誌社工作二十年的副主編通上話，她問起了羅伯特・金凱。

編輯當然還記得他。「想要找他是吧？他可是個殺千刀的攝影師，抱歉我說話難聽了點。他是個牛脾氣，不是讓人討厭的那種，而是執拗。他為了藝術而追求藝術，這不太符合我們讀者的喜好，我們的讀者想看漂亮的照片、拍攝技巧高超的照片，卻不想要太過野蠻的。

「我們老是說金凱這人有點奇怪，除了他幫我們拍的照片之外，我們沒有人了解他。不過他很專業，不管送他去哪裡，他都能拍出好作品，就算他大多時候都不同意我們編輯上的決定。至於他的下落，我們談話的時候我一直在翻找檔案，他在一九七五年離開雜誌社，我這邊有的地址和電話號碼是……」他念出了法蘭切絲卡已有的資訊。在那之後她就不再嘗試。因為她害怕自己可能會發現什麼真相。

她就這樣混沌度日，任憑自己越來越常想著羅伯特．金凱。她的開車技術還是不錯，一年會去幾次德梅因，到他曾經帶她去的那家餐廳吃午餐。有一次她買了一本皮革封面的空白筆記本，在書頁上開始用漂亮的筆跡記錄下自己和他這段戀情的細節，還有對他的感情，她寫了幾乎整整三本筆記本才終於滿意，知道自己完成了任務。

溫特塞特越來越進步了，冒出了個活躍的藝術工會，成員大部分都是女性，而且人們討論翻新老舊橋梁事宜也好幾年了。懂得情趣的年輕人在山丘上蓋起房子，生活氛圍變得輕鬆許多，男子留長髮不再招來旁人直盯著看，只是會穿涼鞋的男子仍然稀少，詩人則更為罕見。

不過除了幾位女性友人，法蘭切絲卡還是完全退出了社交圈，人們會討論這件事，還有他們經常看見她站在羅斯曼橋旁，有時則是雪松橋。人若老了，往往就會變得古怪，他們這麼說，覺得這樣的解釋也就足夠。

一九八二年二月的第二天，一輛優比速公司的卡車緩緩開上她家門前的車道，她不記得自己有訂購什麼，心懷疑惑簽收了包裹，看著上面寫的地址。「法蘭切絲卡·強森收，50273愛荷華州溫特塞特，RR2。」回信地址是西雅圖的一家法律事務所。

包裹的包裝很整齊，還額外保了保險。她把東西放在廚房桌上小心打開，裡面有三個箱子，還塞了小保麗龍塊以防碰撞，最上面的箱子用膠帶貼著一封小尺寸的氣泡袋信封，另外一個則貼著署名給她的事務所專用信封，上面有法律事務所的回信地址。

她撕開了信封上的膠帶，發著抖打開。

一九八二年一月二十五日
法蘭切絲卡・強森女士
50273愛荷華州溫特塞特
RR2

親愛的強森女士：

敝事務所代表最近過世的羅伯特・L・金凱先生處理資產……

法蘭切絲卡將信擺在桌上，外頭冬日裡的冰雪吹拂過農地，她看著冰雪颳過收割後的殘梗，捲起玉米葉殼，在鐵絲網的一角積成一小堆。她又讀了一次那句話。

敝事務所代表最近過世的羅伯特．L．金凱先生處理資產……

「喔，羅伯特……羅伯特……不。」她輕聲說著，低下了頭。

一小時後她才有辦法繼續讀，法律文件那種直接了當的語言、一絲不苟的文字，讓她生起氣來。

「敝事務所代表……」

律師執行自己對客戶的職責。

但是那股力量、乘著彗星尾巴疾行的花豹、在炎熱的八月天裡尋找羅斯曼橋的通靈人，還有站在一輛叫做哈利的卡車側邊踏板上回頭望著她、漸漸消失在愛荷華州農場道路塵土中的那個男人——這些文字中哪裡有他的身影？

這封信應該要有一千頁那麼長，應該要講述演化鏈的末端以及自由放牧的消逝，應該講述牛仔在鐵絲網的一角掙扎求生，就像冬日裡的玉米葉殼。

他留下的唯一遺囑日期是一九六七年七月八日，特別指示要將隨函封存的物品寄送給您，若是無法找到您，這些物品將會焚毀。

同時箱內還有一件寫著「信」的物品，是他在一九七八年留給我們要交給您的訊息，信封由他封緘，一直沒有打開過。

金凱先生的遺體已經火化，依他的要求，並未立下墓碑，同時也依他的要求，由我們的一位同事將他的骨灰撒在您的住家附近，該位置應該是稱作羅斯曼橋。

若是還有需要敝事務所服務之處，請隨時聯絡我們。

誠摯敬上

律師　亞倫・B・奎朋

她喘了口氣，再次擦乾眼淚，開始檢視箱子裡其他的東西。

她知道那個小氣泡信封袋裡裝的是什麼，篤定得就像她知道今年的春天還會再臨。她小心打開信封，伸手進去，拿出那條銀鏈，鏈子上掛著的小牌子有了刮痕，寫著「法蘭切絲卡」，背後則以最小的字體蝕刻著：「拾獲後請送到美國愛荷華州溫特塞特，RR2，法蘭切絲卡．強森收。」

信封底放著他的銀手鏈，用衛生紙包了起來，和手鏈放在一起的還有一張小字條，那是她的筆跡：

如果「白蛾振翅飛起」你還想再吃晚餐，今晚等你工作結束後過來。

那是她留在羅斯曼橋的字條。他甚至留著這個念想。

然後她想起來，這是他擁有唯一屬於她的東西，除了緩緩衰敗的底片感光乳劑上模糊的影像，這是他知道她存在的唯一證據。羅斯曼橋上的小小字條沾了汗漬、捲曲，好像放在皮夾裡貼身攜帶了很長一段時間。

她很想知道這麼多年來，在距離密德河畔山丘如此遙遠的地方，他讀過字條多少次。她可以想像他拿著這張字條閱讀，可能是搭著直達某地的噴射飛機，在微弱的閱讀燈光下，可能是在老虎出沒的國度裡，坐在竹屋地板上拿著手電筒照著，在貝靈漢的雨夜中折起字條收好，然後看著那些照片，那是夏日清晨一個女人仰靠在欄杆上，或者日落時從廊橋走出來。

三個箱子中各放著一臺裝上鏡頭的相機，看起來歷經風霜而滿布刮痕，她拿起一臺相機轉過來，看見取景器上的「Nikon」字樣，而就在 Nikon 品牌標誌左上角，有一個字母F。這是她在雪松橋交給他的那臺相機。

最後她打開了他寫的那封信，他用自己專用的信紙，筆跡相當整齊，日期是一九七八年八月十六日。

親愛的法蘭切絲卡：

希望妳能順利收到這封信，我不知道妳什麼時候會收到，應該是在我過世後不久。我現在六十五歲了，我們在十三年前的今天相識，那天我把車開到妳家車道，想要問路。

我孤注一擲，希望這個包裹無論如何不會攪亂妳的生活，只是我一想到這些相機可能會放在相機店的二手箱子裡，或者在某個陌生人手上，就實在難以忍受。等到妳收到這些相機，它的狀態應該已經很老舊了。但是我沒有別人能夠交付，而將相機寄給妳可能會讓妳面臨危機，我為此感到抱歉。

我在一九六五年至一九七五年間幾乎一直在路上，只是想要多少擺脫掉想打電話給妳或者去找妳的誘惑。可以這麼說，我人生中醒來的每一刻都會面臨這個誘惑。於是我接下了所有我能夠找到的海外拍攝任務。有幾次，有許多次，我會說：「管他去死，我要去愛荷華州的溫特塞特，不管付出什麼代價都要把法蘭切絲卡帶走。」

但是我想起了妳的話，而我尊重妳的感受。或許妳是對的，我實在不知道，我只知道那個星期五早上開車駛離妳家車道，是我這輩子做過最困難的一件事，往後也不再有。老實說，我甚至懷疑有幾個人做過比這更困難的事。

我在一九七五年離開《國家地理雜誌》，接下來的攝影歲月大多奉獻給了我自己想拍攝的東西，可以的話也接一點工作，通常是在附近或者地區性的任務，一次只會讓我離家幾天。我財務上並不寬裕，但是還過得去，一直都是如此。

我大部分工作都是在普吉特海灣附近，我喜歡這樣。男人似乎隨著年紀增長，就會更傾向待在水邊。

喔，對了，我養了一隻狗，是黃金獵犬，我叫他「高速公路」。他大多數時候都跟著我一起旅行，把頭伸出窗外，尋找適合拍攝的好景色。

一九七二年，我在緬因州阿卡迪亞國家公園的一處峭壁摔落下去，跌斷了腳踝，摔落時銀鏈和小牌子被扯掉了，幸好就掉在附近。我尋回鏈子和小牌子，找了位珠寶匠修好銀鏈。

我的心上積了一層灰，就這樣活著，這大概是我能想到最適合的形容。在妳之前我也有過女人，有過幾個，但之後就沒有了。我並非有意保持獨身，只是不感興趣。

有一次，我觀察著一隻加拿大鵝，獵人射殺了這隻鵝的伴侶，牠們和伴侶是從一而終，妳知道的。那隻鵝繞著池塘好幾天，之後又繞了更多天，我最後看見那隻鵝時，牠獨自划水游過菰米叢，仍然在尋找。我想從文學欣賞的角度來看，這樣的類比有點太過明顯。但是這差不多就是我的感受。

在我的想像，在霧氣瀰漫的清晨或是太陽在西北水面彈起的傍晚時分，我試圖想著妳可能會在哪裡過著妳的生活，在我想起妳的時候，妳可能在做什麼。不會是什麼複雜的事，大概是走到妳屋外的花園、坐在前門廊的鞦韆上、站在廚房的水槽邊，之類的事。

我記得一切，記得妳聞起來的味道、記得妳嘗起來就像夏日一般、記得妳的肌膚貼著我的感覺，也記得妳輕聲說我愛你的聲音。

美國詩人勞勃．潘恩．華倫（Robert Penn Warren）曾經用過一個詞彙，說「一個彷似遭神遺棄的世界」。說得不錯，相當接近我偶爾出現的感受，但是我不能一直那樣活下去。當那些感受變得太過強烈，我就會把裝備搬進哈利，帶著高速公路開車上路幾天。

我不喜歡自憐自艾，那不是我，多數時候我也沒有那種感覺，反而很是感激，至少我找到過妳。我們原本有可能彼此擦身而過，就像兩顆宇宙中的塵埃。

無論是神、是宇宙，或者任何你用來描述平衡與秩序的龐大體系，這些都不會理解地球上的時間。對宇宙而言，四天就和四十億光年沒什麼差別，我努力要記住這一點。

但是我畢竟是個男人，就算腦中冒出了所有哲學、合理的想法，卻無法讓我不去渴望妳。每一天、每一刻，時光發出無情的哀號，那些都是我無法與妳共度的時光，深埋在我的腦海裡。

我愛妳，愛得如此深刻、如此澈底，我永遠會這麼愛妳。

最後的牛仔
羅伯特

附註：去年夏天，我幫哈利裝了另一副新引擎，他的狀態很好。

包裹是五年前寄到的，而查看包裹的內容就成了她每年生日儀式的一部分。她留下了他的相機、手鏈以及掛著小牌子的銀鏈，收在衣櫃中特製的盒子裡。她找了當地的木匠，按照她的設計以胡桃木製作這個盒子，有防塵油封，也有加了內襯的區塊。「這盒子挺精緻的。」木匠這麼說，法蘭切絲卡只是微笑。

儀式的最後一部分就是手稿，她總是在一日將盡時在燭光下閱讀，她將手稿從客廳拿來，小心放在黃色的美耐板桌面上靠近蠟燭的地方，點燃她一年唯一的一根駱駝牌香菸，啜飲一口白蘭地後開始閱讀。

從Z空間墜落

羅伯特．金凱

我依舊無法理解古老的風，即使我似乎一直都乘風而行，乘著古老之風蜷曲的脊梁。我移入了Z空間，整個世界則去到了其他地方，壓縮成了與我平行的一窄方事物，彷彿是我雙手插進口袋、微微駝身俯前，透過百貨公司的櫥窗往內看穿這一切。

在Z空間中出現詭異的片刻，高速公路繞了一段漫長而多雨的彎路，在新墨西哥州的瑪格達萊納往西拐，公路就成了一條雙腳走出來的道路，道路通往動物移動的路徑。我的雨刷一劃，那條路就成了一片與世隔絕的森林；雨刷再劃、又劃，更遠處似乎有什麼，這一次是一大片冰。我移動腳步穿過低矮的草地，穿著毛皮的我一頭亂髮，還拿著矛，就像冰那樣薄透而堅硬，全身都是肌肉和不易軟化的狡詐。通過了冰層，沿著萬物的衡量更加往後深入，我在深沉的鹹水中泅泳，身上長出了鰓和鱗片。再多的我便看不見，在浮游生物再往前推，就是數字零。

歐幾里德的理論並非永遠正確，他認為平行的兩條線會一直延續下去，就這樣維持到萬物盡頭，但是也可能存在非歐幾里德式的平行，兩條線會在遙遠的彼方交會，在一個消失點形成聚合的假象。

但我知道這不只是假象，有時也可能發生聚合，一個現實潑灑，漫進了另一個現實，是一種溫柔的交纏，並非在精準的世界中步步進逼的交會，沒有來回穿梭的聲響，只是……大概是……呼吸。沒錯，就是那個聲音，或許感覺起來也是如此，呼吸。

而我緩緩靠近這另一個現實，在其上、在一旁、伏於下、繞著轉，總會帶著堅強、總會帶著力量，但也總會向其獻出我自己。另一個現實感覺到這點，帶著自己的力量前來，也向我獻出自己，用以回報。

在這有如呼吸、有如音樂的聲音中某處，由此開始了奇妙的迴旋之舞，擁有屬於自身的計量，安撫了拿著矛、一頭亂髮的冰人。緩緩展開、變化，成了慢板，一直演奏著慢板，冰人就此墜落……從Z空間……落入她的空間。

法蘭切絲卡的六十七歲生日進入尾聲，在雨停之際，她將牛皮紙袋信封放進上掀蓋書桌的底層抽屜。理查過世後，她便決定要將信封放進銀行的保險箱裡，但是每年這時，她都會把東西帶回家幾天。相機裝在胡桃木盒子裡，闔上蓋子，這個盒子就放在她臥室的衣櫃架上。

下午稍早的時候她去了一趟羅斯曼橋，這時她走到屋外的門廊上，拿毛巾把鞦韆擦乾後坐下。天氣很冷，但是她會如往常一般待上幾分鐘，然後走到庭院的門前站在那裡，接著又走到小路路口。經過了二十二年，她還是能看見他在那天傍晚從卡車上走下來，想要找到該走向何方；她可以看見哈利一顛一簸地開往郡道，然後停下來，羅伯特・金凱就站在側邊踏板上，往回看著小路的方向。

法蘭切絲卡的信

法蘭切絲卡・強森於一九八九年一月過世，享壽六十九歲，羅伯特・金凱若還活著就會是七十六歲，死因記載為**自然死亡**。「她就是過世了，」醫生這樣對麥可和凱洛琳說，「其實我們有點疑惑。我們找不出造成她死亡的特定因素，有鄰居發現她趴倒在廚房桌上。」

一九八二年，她寫了一封信給律師，要求將遺體火化，並把骨灰撒在羅斯曼橋。火葬在麥迪遜郡並不常見，基於某種無法言說的原因，人們認為這麼做有點離經叛道，在咖啡館、德士古加油站以及五金行等地，都有不少人在談論她的遺願。灑骨灰的儀式並沒有公開舉行。

葬禮之後，麥可與凱洛琳開著車慢慢駛到羅斯曼橋，執行了法蘭切絲卡的要求。雖然這座橋就在強森家附近，卻一直對他們家沒有什麼特別意義，他們想了又想、想了再想，為什麼一向理智的母親會有如此神祕之舉？為什麼她並未按照傳統、要求跟父親合葬？

在那之後，麥可與凱洛琳開始花費大把時間整理房子裡的東西，而當地律師為了釐清資產，先檢查過銀行的保險箱內容物，才把東西交還給兩人帶回家。

他們將保險箱裡的東西分成兩堆，開始翻閱整理，牛皮紙信封是在凱洛琳負責的那一堆，她翻到約三分之一處就看見了。她打開信封拿出內容物時很困惑，她讀了羅伯特·金凱在一九六五年寫給法蘭切絲卡的信，又讀了一九七八年的信，接著是一九八二年西雅圖律師寫來的信，最後她仔細看著從雜誌上剪下來的照片文章。

「麥可。」

他聽出她的聲音裡帶著意外和憂思，馬上抬起頭來。「怎麼了？」

凱洛琳眼中含淚，聲音發抖。「媽媽愛上了一個叫做羅伯特．金凱的男人，他是名攝影師。你還記得我們以前都要看那期報導廊橋的《國家地理雜誌》嗎？就是他拍攝了這裡的廊橋照片。你還記得以前小孩子都在聊那個怪模怪樣、拿著相機的傢伙嗎？就是他。」

麥可坐在她對面，鬆開領帶、解開領口的釦子。「慢慢再說一次，我一定是聽錯了吧。」

麥可讀過信件後搜索了樓下的衣櫃，又上樓去法蘭切絲卡的臥房，他以前從來沒有注意過那個胡桃木盒子，打開來後拿下樓放在廚房桌上，「凱洛琳，這些是他的相機。」

盒子裡一角塞著一只封了緘的信，上面寫著「凱洛琳或麥可」，是法蘭切絲卡的筆跡。相機之間躺著三本皮革封面的筆記本。

「我不知道自己有沒有辦法讀信封裡的內容，」麥可說，「如果妳可以的話，大聲念給我聽。」

她打開信封大聲念出來。

一九八七年一月七日

親愛的凱洛琳與麥可：

雖然我覺得身體還好，不過也該是時候安排好自己的身後事（就像人們建議的那樣），有一件事，有一件非常重要的事，必須讓你們知道，所以我才要寫這封信。

你們看過了銀行保險箱裡的東西，發現那個蓋著一九六五年的郵戳而且寄給我的牛皮紙大信封之後，我相信你們終究會找到這封信。如果可以的話，請坐在廚房那張舊桌子前讀，你們很快就會明白我為什麼這麼要求。

要寫這封信給我自己的孩子很困難，但是我必須要寫。這裡發生的事情太過強烈、太過美好，若跟著我死去就太可惜。而且，如果你們要知道你們的母親是什麼樣的人，知道她一切的好與壞，就必須知道我接下來要說的事。請準備好。

正如你們所發現，他的名字叫做羅伯特．金凱，中間名縮寫是L，但是我一直都不知道L代表的是什麼。他是位攝影師，一九六五年來到這裡拍攝廊橋。

還記得那些照片出現在國家地理雜誌上時，鎮上的人多麼興奮嗎？你們或許也記得我大概是在那個時候開始訂閱雜誌，現在你們知道我為什麼突然對此感興趣了。對了，他拍攝雪松橋的照片時我就和他在一起（幫他揹著一個相機背包）。

你們要明白，我對你們父親的愛是一種平靜的愛，我當時便知道，現在亦然。他對我很好，也讓我有了你們兩人。你們是我最珍視的寶貝，別忘了這點。

但是羅伯特・金凱這個人很不一樣，我這一輩子從來沒有看過、聽過或者在哪裡讀過像他這樣的人，實在不可能讓你們完全了解他。首先，你們不是我；再者，你們必須要在他身邊待過，看著他的一舉一動，聽著他談論自己是所謂演化分支的末端死路。或許這幾本筆記本和雜誌剪報會有幫助，但即使有那些也嫌不足。

就某個方面而言，他不屬於這個世界，這大概是我能想到最清楚的描述了。我想著他的時候，總會想像他是乘著彗星尾巴而來的某種花豹般的生物。他動起來就是那樣、身體也是那樣，彷彿嚴肅到不行，卻又同時帶著溫暖與和善，還隱約帶有一種悲劇感。他覺得自己身在一個到處都是電腦、機器人、規律生活的世界裡，就快要滅絕，自視為最後的牛仔之一，說他自己已經過時。

我第一次遇見他是他停下車詢問怎麼到羅斯曼橋。你們三人去參加伊利諾州農牧博覽會。相信我，我並沒有四處探尋能夠冒險的機會，心裡完全沒有這樣的想法，但是我看著他還不到五秒，就知道我想要他，只是到最後，我想要他的心又更加強烈。

也請不要以為他是什麼風流情聖，到處去占鄉下女子的便宜，他完全不是那樣。他其實有一點害羞，而事情會有後來的發展，我和他一樣都有責任，應該說我的責任更大一些，和他的手鏈收在一起的那張紙條是我貼在羅斯曼橋上的。這麼一來，在我們初遇之後的那天早上，他就會看見，除了他拍攝我的那幾張照片，這些年來只有這張紙條能夠讓他證明我確實存在，而不只是他做過的一個夢。

我知道小孩子通常都會認為自己的父母沒有情慾，所以我希望自己接下來要說的事情不會嚇到你們，也希望不會毀掉你們關於我的回憶。

在我們的老舊廚房裡，我和羅伯特共處了好幾個小時。我們聊天、伴著燭光共舞，沒錯，我們在那裡做愛，還有在臥室裡、在牧場的草地上，大概在你們能想得到的每個地方。我們的性愛非常美妙、充滿力量而超乎尋常，持續了好幾天，幾乎沒有間斷。我想到他時總會使用「充滿力量」這樣的詞彙，因為我們相遇時他就是那樣。

他認真起來就像一支箭矢，他跟我做愛時我實在無法抵抗。並不是我太孱弱，我的感受並非如此，而只是——就是臣服在他純然的身心力量。有一次，我悄聲這麼告訴他，他只是說：「我是高速公路，我是遊隼，也是所有遨遊海上的帆。」

我後來查過字典，人們聽到「遊隼」這個詞彙馬上想到的是獵鷹，但是這個詞還有其他意思，他應該知道。一是「外來的、未知的」，二是「漫遊或徘徊、遷徙的」，拉丁文中的 *peregrinus* 就是這個英文字的字根，意思是陌生人，這些詞彙都能夠形容他：陌生人、更廣義而言的外來者、漫遊者，而且現在想來，他也很像獵鷹。

孩子，你們要知道我正試圖表達文字無法形容的事，只希望有一天你們或許能各自擁有我體驗過的感受，不過我已開始覺得並不可能。雖然這個時代已經比較開明，我說這樣的話可能不太符合時代潮流，但是我覺得女人不可能擁有羅伯特·金凱那種特殊的力量，所以麥可，你就沒機會了；至於凱洛琳，恐怕我要說的是壞消息：世界上只有一個他，再無別人。

若不是因為你們的父親和你們兩人，我會馬上跟著他去到天涯海角。他邀我一起走，求我一起，但是我不肯，而他實在太過體貼、太過溫柔。在那之後也絕對不介入我們的生活。

矛盾的是，若不是因為羅伯特・金凱，我也不知道這些年來我還會不會留在農場。在那四天，他給了我一輩子、一個宇宙，將我分崩離析的各個部分拼湊完整。我從來沒有停止對他的思念，一刻都沒有，即使我意識清醒時他不在我腦海裡，卻能感覺到他就在某處，一直都在。

但是這並未奪走半分我對你們兩人和你們父親的感情，若是我自私一瞬，我不知道這樣的決定是否正確。但是只要考慮到我們的家庭，我很確定這樣做是對的。

只是我必須誠實告訴你們，羅伯特從一開始就比我更清楚我們彼此之間形成的羈絆。經過這麼久，我想我才開始了解到其重要性，才慢慢明白。若是我真的懂，當他站在我面前、看著我，要我跟他走，我大概就會跟著他離開。

羅伯特相信這個世界變得太理性，不再那麼相信理所應當的魔力。我也常常尋思，自己做這個決定是不是太過理智。

你們大概無法理解我對下葬的要求，認為這或許是一個老婦人的糊塗決定。你們讀過一九八二年西雅圖律師的信還有我的筆記本之後，就會明白我為何有此要求。我把一生獻給我的家庭，剩下的要獻給羅伯特·金凱。

我想理查很清楚在我心裡有些什麼是他無法觸及，我把牛皮紙信封收在家裡的衣櫃時，有時也懷疑他是不是發現了。就在他過世之前，我在德梅因的醫院坐在他身邊，他這樣對我說：「法蘭切絲卡，我知道妳也有妳的夢想，抱歉我不能幫妳實現。」那是我們共度的人生中最令人動容的時刻。

我不想讓你們有罪惡感或感到惋惜什麼的，那不是我這封信的目的，我只是想讓你們知道我有多麼愛羅伯特·金凱。這些年來，我日日都要面對這一切，正如他一樣。

雖然我們再也沒有交談，卻仍緊緊相連，能多緊密就有多緊密，我找不到能夠恰如其分描述這種感覺的文字，他的形容最為適合。他告訴我我們不再是個別的個體，而是成為了由我們兩人組成的第三種存在，而從此我們兩人都無法單獨存活，結果那個存在就這麼四處漫遊徘徊著。

凱洛琳，還記得我們曾經為了我衣櫃裡那件淡粉紅色洋裝大吵一架嗎？妳看見了那件衣服，想要穿上，妳說從來不記得看我穿過，那為什麼不能修改成妳的尺寸？那是我和羅伯特做愛的第一天晚上穿的洋裝，我這一生從來沒有像那天晚上那麼漂亮，那件洋裝是我對那天晚上一點小小的、愚蠢的念想，所以我再也沒穿過、所以我才不肯讓妳穿上。

羅伯特一九六五年離開這裡之後，我發現自己對他了解甚少，而我是指他的家庭過往。不過，我想在這短短幾天當中，我已經知道了幾乎和他有關的其餘一切，那才是真正重要的。他是獨子，父母雙亡，而且出生在俄亥俄州的一個小鎮上。

我甚至不知道他到底有沒有上過大學或甚至高中。但是他頭腦很好，有一種原始、不加雕琢、近乎神祕的聰穎。喔對了，他在二戰期間的南太平洋跟著海軍陸戰隊擔任戰地攝影師。

他曾經結過一次婚又離了，那是他遇見我很久之前的事。他們沒有小孩。他的妻子以前是音樂家之類的，我記得他說過是民謠歌手，而他因為攝影工作要到外地，長時間不在家，實在太難維繫婚姻。他認為離婚是他的錯。

除此之外，就我所知羅伯特沒有家人。我希望你們能讓他成為我們這個家庭的一分子，即使一開始你們可能會覺得很困難。至少我還有家庭，擁有與其他人共度的人生，羅伯特卻是獨自一人。這樣不公平，我早就知道。

考慮到羅伯特的回憶以及人們老愛說閒話，我希望——或者至少我想我是如此希望——這一切能夠以某種方式讓強森家的人知道就好。不過我會交由你們判斷。

無論如何，我絕對不以羅伯特．金凱和我曾經擁有的一切為恥，這些年來，我反而是奮不顧身地愛著他。不過我只試圖聯繫他一次，我有自己的理由。那是在你們父親過世之後。那次的嘗試失敗了，我很害怕他可能出了什麼事，而那樣的恐懼讓我再也沒試過，我實在無法面對那樣的現實。於是，你們可以想像在一九八二年，我收到那份包裹以及律師的信件時是什麼感受。

如我所說，我希望你們能夠理解，而不要怪罪。如果你們愛我，就必須愛我做過的事。

羅伯特．金凱讓我明白身為女人是什麼感覺，沒有多少女人——或許從來沒有女人經歷過這樣的情況。他美好而溫暖，而且絕對值得你們的敬重，或許還有你們的愛。我希望你們能給予他這兩種情感，他以自己的方式，透過我，也善待了你們。

好好過日子，我的孩子們。媽媽

老家的廚房裡一片沉默。麥可深深吸了一口氣便望向窗外，凱洛琳環顧四周，看著水槽、地板、桌子，看著這一切。

她開口說話時，音量幾乎就像在說悄悄話，「喔，麥可、麥可，想想他們這麼多年來的生活，如此迫切想要和彼此在一起。她為了我們、為了爸爸放棄他，而羅伯特·金凱也尊重她對我們的感情，不來打擾。麥可，我一想到這裡就沒辦法承受。我們對自己的婚姻如此隨便，而卻是因為我們，一段無與倫比的愛情就這樣結束了。

「他們共度了四天，這一輩子中就只有四天，就是我們去伊利諾州那場可笑的農牧博覽會的時候。看看媽媽的這張照片，我從來沒有看過她這個樣子，那麼美麗——我說的不是照片，而是他為她所做的事。

「看看她的樣子，如此奔放又無拘無束，頭髮迎風飛揚，整張臉都生氣蓬勃，看起來實在太棒了。」

「老天。」麥可只能說出這句話。他拿起廚房的毛巾擦擦額頭，趁著凱洛琳沒在看時擦拭眼角。

凱洛琳又說：「顯然這些年來他從來沒有試圖聯繫她，他過世時肯定只有孤獨一人，才會把相機寄給她。

「我記得和媽為了那件粉紅洋裝吵架的事。我們吵了好幾天，我一直抱怨，還不斷問她為什麼，然後就不再跟她說話。然而她只是說：『不行，凱洛琳，那件不行。』」

然後麥可想起了他們眼前的這張舊桌子。所以他們父親過世之後，法蘭切絲卡才會要他把這張桌子搬回廚房。

凱洛琳打開那個小氣泡信封袋，「這是他的手鏈、銀項鏈和小牌，還有媽媽信上提到的那張紙條，是她貼在羅斯曼橋上的那張。所以他寄來那張橋梁的照片上有一張紙貼在上頭。

「麥可，我們要怎麼做？你好好想想，我馬上回來。」

她跑到樓上，幾分鐘後回來時拿著那件粉紅洋裝，仔細疊好收在塑膠袋裡，她把洋裝抖開，舉高讓麥可看。

「想像一下，她穿著這件衣服，跟他一起在這廚房裡跳舞，想想我們在這裡度過的那些時光，她在這裡煮飯、和我們一起坐著討論事情、討論要去哪裡的大學、討論要經營好婚姻多麼困難。她那時肯定也想著那些畫面。天啊，跟媽媽比起來，我們實在好天真、好幼稚。」

麥可點點頭，轉身走到水槽上方的櫥櫃前。「妳想媽媽這裡會不會有酒？老天，我很需要喝一杯。至於妳剛剛問的問題，我不知道我們該怎麼做。」

他在櫥櫃裡翻找一通，發現一瓶快要見底的白蘭地。「這裡還夠兩杯，凱洛琳，要喝一杯嗎？」

「要。」

麥可拿出櫥櫃中唯二的兩只白蘭地酒杯放在黃色的美耐板桌面上，將法蘭切絲卡最後一瓶白蘭地全都倒進兩個杯子裡，凱洛琳則靜靜坐著，開始讀起第一本筆記。「羅伯特．金凱在一九六五年的某個週一來到我面前，那天是八月十六日，他想要找到往羅斯曼橋的路。當時已近傍晚，天氣很熱，他開著一輛被他命名為哈利的皮卡車……」

後記　塔科馬夜鷹

我在寫羅伯特．金凱與法蘭切絲卡．強森的故事時，對金凱越來越感興趣，也很好奇為什麼我們對他以及他的人生所知甚少。在這本書付印的幾週之前，我飛到西雅圖，再度嘗試多挖掘出一些關於他的資訊。

我有個想法。既然他喜歡音樂，自己也玩，或許在普吉特灣地區的音樂藝術文化圈子裡會有人認識他。《西雅圖時報》的藝術版編輯提供了很多幫助，雖然他並不認識金凱，卻讓我能夠取得一九七五年至一九八二年間報紙上的所有相關報導，這段期間是我最感興趣的時期。

我在翻閱一九八〇年的版面報導時發現了一張黑人爵士音樂家的照片，

這位演奏次中音薩克斯風的樂手叫做約翰・「夜鷹」・康明斯，而在照片旁邊寫著拍攝者是羅伯特・金凱。當地的音樂工作者工會給了我康明斯的地址，還提醒我他已經好幾年沒有活躍的演出活動。地址是在塔科馬一處工業區的小巷子裡，從西雅圖開車下了五號公路後不遠就到。

我拜訪了他的公寓好幾次才終於碰到他在家。一開始，他對於我的提問很謹慎，但是我說服了他，保證自己是認真想知道金凱的事，而且沒有惡意，之後他的態度才轉為親切，侃侃而談。接下來是一段稍微編輯過的文字紀錄，內容是我和康明斯的訪談，我和他談話時他已經七十歲，我只是打開錄音機，讓他告訴我有關羅伯特・金凱的一切。

與「夜鷹」康明斯的訪談

我那時在矮子的酒吧表演，因為我以前住在西雅圖那裡，需要一張好看的黑白照片，幫我自己宣傳。貝斯手跟我說有個傢伙住在那邊一座島上，拍的照片不錯。他沒有電話，所以我就寄明信片給他。

他過來了，那個老傢伙看起來真的夠奇怪。他穿著牛仔褲、靴子跟橘色吊帶，拿出幾臺老舊的相機，感覺好像根本不能用了，然後我就想說，喔喔糟了。他讓我拿著薩克斯風站在一面淺色的牆前面，叫我吹奏音樂，一直演奏不要停，所以我就照做。大概前三分鐘吧，那傢伙就只是站在那邊直盯著我看，死死看著喔，那簡直是我這輩子見過最冷酷的藍色眼睛。

過了一下子他就開始拍照，然後問我會不會吹〈秋葉〉，我就吹了。我大概連續演奏那首歌有十分鐘吧，他就一直狂按相機，拍了一張又一張，然後說：「好了，拍好了，我明天就拿給你。」

隔天他拿著照片過來，我都要樂翻了。我拍過很多照片，但這些是目前為止最棒的。他跟我收了五十塊，我覺得還挺便宜的。他謝過我之後就離開了，出去時又問我在哪裡表演，我就跟他說：「矮子那裡。」

幾天後的晚上，我往觀眾席一看就見到他坐在角落一張桌子那兒，超認真在聽。就這樣，他開始一個禮拜過來一次，總是在星期二時來喝啤酒，但喝得不多。

我有時會在休息時間走過去跟他聊幾分鐘。他很安靜、話不多，但是人很好相處，總是很有禮貌地問我可不可以演奏〈秋葉〉。

不久之後我們就稍微熟了一點，我以前都喜歡到港口那裡看海看船，結果他也是，所以後來我們的交情就成了整個下午一起坐在長椅上聊天的程度。就是幾個老傢伙慢慢沒事做了，開始覺得有一點什麼都事不關己、有一點跟不上時代。

他以前還會帶他的狗一起來呢，那狗真乖，叫做高速公路。

他懂得何謂魔力，爵士樂手也懂，大概就是這樣我們才處得來。你演奏一首以前演奏過一千次的曲子，突然間就有一大堆新花樣從你的薩克斯風冒出來，你甚至沒有意識到自己在這麼做。他說攝影和日常生活也有很多類似狀況，然後他說：「跟你愛的女人做愛也是一樣。」

他想做點什麼作品，想要把音樂轉化成影像，他對我說：「約翰，你知道你每次演奏〈世故的女人〉第四小節幾乎都會有某種即興演出嗎？我啊，我覺得我那天早上就拍到了，照耀到水面上的光線剛剛好，一隻藍色的蒼鷺似乎就剛好在我的取景器前繞了一圈，這些全都在同時發生，我確實看見你的即興演出了。我一邊聽，一邊按下快門。」

他把所有時間都花在這個音樂轉化成影像的工作上，甚至廢寢忘食，不知道他是靠什麼過活。

他從來不太聊自己的人生。我知道他以前做攝影工作時經常旅行，但也就這樣了。直到有一天我問起他脖子上那條鏈子掛著的小銀牌，只要靠近，就能看到上面寫著法蘭切絲卡這個名字，所以我問他。「這東西有什麼特別的嗎？」

他安靜了好一會兒，只是盯著海水，然後說：「你有多少時間？」那天是星期一，這天晚上我休息，所以我跟他說要多少有多少。

他就開始說了，好像打開了水龍頭一樣，整個下午、大半晚上都說個不停。我感覺他把這一切藏在心裡藏很久了。

他從來沒提到那個女人姓什麼，也從來沒說是在哪裡發生，不過呢，不得了啊，這個羅伯特·金凱一談起她就變成了詩人。她肯定真的是個好女人，是個了不起的好女人。我還記得他開始念起自己為她寫的文章，叫做Z空間什麼的，我記得當時在想，那聽起來好像爵士樂手歐涅·柯曼一首自由形式的即興創作。

要命，他一邊說一邊就哭了起來，豆大的眼淚啊，就是能讓個老男人痛哭的那種、要吹奏薩克斯風的那種。後來我才懂了他為什麼老是要我吹〈秋葉〉，老天，我都開始愛上這傢伙了，能對一個女人有這種感覺，絕對也值得被愛。

所以我就開始想，想著他跟這個女人這種感情的力量，想著他所謂的「老方式」。我對自己說：「我得演奏出那種力量、那種愛情，讓那種老方式從我的薩克斯風冒出來。」這其中有些什麼，實在是他媽的太抒情了。

所以我就寫了這首歌，花了三個月呢。我想要寫得簡單又優雅，複雜的東西很容易寫，簡單才是真正的挑戰。我每天都努力寫歌，終於開始感覺對了，然後我又修改了一些，寫出給鋼琴和貝斯的導引譜，最後在某天晚上演奏出來。

他就安安靜靜坐在那裡，就像往常那樣認真聽著，然後我對著麥克風說：「我要演奏一首為我朋友寫的曲子，叫做〈法蘭切絲卡〉。」

我說話時看著他，他原本盯著自己那瓶啤酒，我一說「法蘭切絲卡」他就慢慢抬起頭看我，伸出雙手把一頭灰色長髮往後梳，點了一根駱駝牌香菸。那雙藍色眼睛直迎向我。

我的薩克斯風從來沒有發出過這樣的聲音，彷彿哭泣一般，為他們之間相隔的所有路程與年月而哭。第一小節中有一小組音符似乎念出了她的名字。「法蘭……切絲……卡。」

演奏完畢後，他站在桌旁，身體挺得筆直，微笑點點頭後就付錢離開。

在那以後，他每次過來我都會演奏這首歌。他送給我一幅裱框相片，謝謝我寫了那首曲子，照片上是一座老舊的廊橋，就掛在那邊。他從來沒告訴我照片是在哪裡拍的，但是在他的簽名底下就寫著「羅斯曼橋」。

七年、或許是八年前吧，某個星期二晚上他沒有出現，下個星期二也沒有，我想或許他是病了什麼的，開始擔心了，就走到港口那裡到處打聽。沒有人知道他的消息，一丁點都沒有。終於，我搭著船到他住的島上，那裡的水邊有間老舊的木屋，其實就是間簡陋的小房子。

我在那邊四處探查的時候，有個鄰居過來問我在做什麼，我就跟他說了，鄰居說他大概十天前死了。天啊，我聽到的時候不知道有多心痛，現在想到都還痛著。我很喜歡那個傢伙，他性子有點特殊又特別，我總感覺他知道一些我們其他人都不知道的事。

我跟這位鄰居問起那隻狗，他不知道，說他也不認識金凱，然後我就打電話給動物收容所，果然沒錯，他們把老高速公路帶去那裡了。我過去帶他出來送給我的外甥，最後一次見到他時，他和那個孩子可親暱了。我看了心情很好。

總之就是這樣，我知道金凱的消息後不久，只要演奏超過二十分鐘，左手臂就開始沒感覺，好像是椎骨出了問題，所以我也就不再工作。

可是我說呀，我老是忘不掉他跟我說的那個故事，說他自己和那個女人。所以每個星期二晚上，我會拿出我的薩克斯風，演奏我為他寫的那首曲子，就在這裡，我一個人吹。

也不知道為什麼，我演奏時總會看著他送我的那幅相片，好像有什麼魔力，不知道是什麼，但我演奏那首曲子時，眼睛就是無法離開那張照片。

我就站在那裡，太陽就要落下，我讓那把老薩克斯風哭泣著，為那個名叫羅伯特·金凱的男人，還有被他稱為法蘭切絲卡的女人吹那首曲子。

國家圖書館出版品預行編目 (CIP) 資料

麥迪遜之橋／羅伯特・詹姆斯・沃勒（Robert James Waller）著；徐立妍譯 . -- 初版 . -- 臺北市：大塊文化出版股份有限公司 , 2023.04
面；　公分 . --（to；134）
譯自：The bridges of madison county.
ISBN 978-626-7206-79-9（精裝）

874.57　　　　112001314